万葉と沙羅

中江有里

文藝春秋

目次

装画　中村一般
装丁　大久保明子

万葉と沙羅

万葉と沙羅

駅名の最後に「坂」とつくその町は、名前の通り坂だらけだ。

坂道を挟むような両側のブロック塀沿いに古い人家が立ち並んでいるのに、不思議と人の気配がしない。下り坂は足元から先へと進み、嫌がる上半身が引っ張られていく。

ふいに新緑の香りが鼻腔に飛び込んだ。先月の今頃は寒さにふるえながら歩いたのに、とっくに春は過ぎて次の季節へと変わろうとしていた。

くねくねと細く入り組んだ道に迷い込んだら、方向を見失ってしまった。ブーツの中で足先が滑って、歩く度につま先が痛む。

「ば、罰ゲームだ……」

登校は週に一回でいい、と聞いて入学した都立S高等学校の通信制は、都内で最初にできた単位制高校。一橋沙羅《いちはしさら》は入学式に出たきりで、今日が二回目の登校だった。

週一回の登校なら楽勝のはずだった。なのに、生活が昼夜逆転してしまっている沙羅は、土曜の朝、どうしても起きられない。今日は部屋のドアをしつこくノックする音に起こされて、しぶしぶ家を出た。

現実は罰ゲームだ。近道を来たつもりが遠回りになり、寝不足と体力不足で足が重たい。スマホの脱出ゲームなら指先でクリアできるけど、現実は迷ってばかりだ。細い道をやっと抜けて、通りの脇の歩道に出た。

道に沿って進み、左に曲がる。中央分離帯に植えられた樹木が屋根のように道路を覆う。ここからまっすぐ突き当るとW大学。その途中にS高がある。沙羅はノロノロとした足取りで、歩道を行く。

沙羅が初めてS高の見学に来た時、

「外観は会社みたいね」

付き添ってくれたお母さんがそう言った。

ガラス張りの自動ドアから入ると、吹き抜けの玄関ホール。二階のラウンジには、長椅子や一人がけの椅子、テーブルが設置してあり、誰でも自由に使用できる。正面には電光掲示板があるが、画面は真っ暗だ。代わりに脇に置かれた大きなホワイトボードに予定表らしきものが貼ってある。

構内はエアコン、エレベーター完備、プールにテニスコート、校庭がない代わりに地下に体育館が二つあると案内パンフレットにはあった。昔は喫煙所まであったらしい。

ここには制服も学年もない。生徒の年齢もバラバラ。普通に高校生らしい人もいれば、相当年上っぽい人もいる。

「ここなら週に一度、通えそうじゃない？」

見学で校舎内を見せてもらいながら、お母さんはそう言った。ちょうど茶室を案内してもらったところだった。近代的な建物にそぐわない六畳二間の和室で、茶道をたしなむ教員が生徒にお茶を振る舞うことがあると聞いた。

茶道に詳しくはないが、ここでお茶を飲めたらいいな、とふと思った。

それに、自宅学習だけでは高校生としての自覚を得られない気がしたので、ここを選んだ。それなのに、週一回の登校すら億劫《おっくう》になってしまっている。

結局沙羅は一限目に出る気にならず、二階のラウンジでブーツを脱いで、紙パックのジュースを飲んでいた。ラウンジの端っこでスーツ姿のおじさんが新聞を読んでいる。

――あの人も生徒、なのかな。

この学校の良いところはすべての授業スケジュールが生徒自身にゆだねられているところだ。自分で計画して、決まった単位を取得すれば最短三年間で卒業できる。逆に言えば、いくらサボっても誰にも怒られない。

この一ヶ月余り沙羅は何もしなかった。でもさすがにこのままじゃいけない、とも思っていた。

ジュースを飲みきると沙羅はスマホのカメラを起動し、インカメラで自分を画面に映した。

あごのラインでまっすぐにカットした髪、黒いアイラインを引いた目、高くも低くもない鼻、小さめの唇。たいして特徴のない顔、と思う。カバンから化粧ポーチを取り出し、赤い色のリップクリームをたっぷりと塗って立体感を出す。胸元に大きめのリボンを結んだブラウスに、ふわりとしたレースたっぷりのスカート。入学式も今日と同じ恰好で来た。ネットショッピングでそろえた沙羅の正装だ。

ぼんやりと二階の吹き抜けから一階の玄関ホールを見下ろすと、ポツポツと登校してくる生徒の中に、青いシャツを着た男子生徒が小走りでホールを横切る姿が見えた。

沙羅はその独特な走り方に、見覚えがあった。

一限目終了のチャイムが鳴り、一斉に教室の扉が開くと、ぞろぞろと生徒が出てくる。ほとんどはひとり、あるいは二人。最後に青いシャツの男子があらわれた。

遠目で見るより背が高く、黒縁の眼鏡をかけていて、襟足の白さが目立った。行こうとするその横顔を確かめてから、沙羅は勇気を出して声をかけた。

「万葉《まんよう》くん、だよね？」

青シャツは立ち止まって、目だけこちらを見た。

「わかんない？　わたしのこと」

青シャツは視線を戻すと、大股で歩き出した。沙羅はあわてて後を追う。

「同じ保育園だった一橋沙羅だよ」

青シャツは歩くスピードを緩めない。

「万葉くん、走るときに背筋がビシーッとまっすぐになるのが変わんないよね。保育園の運動会でもその走り方でさ」

青シャツは急に方向転換して、男子トイレへと入っていった。

沙羅がトイレ前で待っていると、しばらくして青シャツは外の様子をうかがうように出てきた。「万葉くん」沙羅が小さく手を振ると、露骨に目線を外した。

「万葉くんじゃないの……？」

頷くと、青シャツは早足に行ってしまった。


気乗りしないまま、心を空っぽにして授業を受けたせいで何にも頭に残っていない。一日の授業が終わって、クラスのホームルームに出席するため三組の教室に入ったら、後方の窓際の席に本を読む青シャツの姿があった。

後ろの席に沙羅が座ると、青シャツは沙羅に気づいたのか、本を閉じて窓の外に目をやった。

やがて担任の穂村《ほむら》先生が入ってきて、出席を取り始めた。

「一橋沙羅さん」

「はい！」返事をすると、担任はちらりとこっちを見た。

「……一橋さん、やっときたのね」

担任は出席簿に書き入れる。

「次は、近藤《こんどう》……近藤、まんようさん」

担任は教室を見渡すと、後方で目を留めた。

「いるじゃない。近藤万葉さん」

「……はぃ」

青シャツは、蚊の鳴くような声で返事した。

ホームルームが終わると、逃げるように帰ろうとするその腕を後ろの席からつかんだ。

「やっぱり万葉くんだった！」

万葉はつかまれた手を振りほどくと、机の横にさげたリュックをひったくるようにして教室を出て行った。


通信制は、縦横の繋がりが薄い。

通学は週一回だし、学年もないから生徒同士が集まる機会も少ない。逆に言えば、孤立しても目立たない。

一応クラス分けはあるが、毎回ホームルームに出席する人はそれほど多くない。

翌週、沙羅は眠いのをこらえて家を出た。数学の授業に出たものの、先生の声が子守歌となってあくびばかり出てしまう。「気分が悪い」と途中退出し、なんとなく図書室に飛び込んだ。授業中の図書室は人気がない。受付から最も遠い席を確保し、本棚から適当に取り出した本を三冊重ねて頭をゆだねて目を閉じたら、すぐに意識を失った。

「痛い」

角のある硬いものが肩に当たっている。何度も肩に振動が来て、ようやく沙羅は現実世界に戻った。ぼんやりとした視界で、自分の肩に当たるものを確認した。

本だ――。

頭をもたげると、目の前を手が横切り、沙羅が枕にしていた一番上の本を取った。しっかりと目を開いたときには、手の主は背を向けて離れていった。

十二時を過ぎると生徒たちはぞろぞろと食堂へとやってくる。以前は営業していたそうだが、現在は場所だけ開放し、生徒たちは個々に持ち寄った昼食をここで食べる。沙羅も食堂へ向かうと、万葉がいた。今日は白い長袖シャツにジーンズ姿、リュックを肩にかけている。

六人掛けのテーブルに座ると、リュックからビニール袋と厚い本を取りだして、袋からサンドイッチを出し、本を読みながら食べ始めた。

「ここ、座っていい？」

沙羅が後ろから声をかけると、万葉は少し振り向いて、すぐに元の姿勢に戻った。

「さっき、図書室に来たよね？　わたし寝ぼけてて。声かけてくれたらよかったのに」

万葉は黙ったまま右手でつかんだサンドイッチを口に運んでいる。

沙羅は向かい合わせに座ると、カバンから赤いチェックの弁当袋を取り出した。裁縫が趣味のお母さんが作った袋は沙羅には幼く感じられる柄だ。

「わたしもサンドイッチがよかったな。『要らない』っていうのに、お母さんがお弁当作っちゃったから持ってきたけど」

万葉は左手で器用に本のページをめくる。

「いただきまーす」と沙羅は手を合わせて箸を取った。万葉は右手でサンドイッチを持ったまま、左手で本をめくり、時々パック牛乳を飲んでいる。ページをめくるペースと咀嚼《そしゃく》のペースがひとつのリズムになっている。

「その本、面白いの？」

「万葉くんってそんなに無口だったっけ」

「よかったら、ライン教えてよ」

万葉は一言も答えずパック牛乳を飲み干すと、すばやく立ち上がった。

生まれてからずっと隣に住んでいた沙羅と万葉は、同じ保育園に通い、家族ぐるみで食事したり、近所の河原でバーベキューをしたり、互いの家を行ったり来たりする仲だった。

沙羅は万葉と同じ小学校へ行くと思っていたのに、ある日、万葉の姿は消えた。

「万葉くんはお父さんの転勤で引っ越してしまったの」

あとからお母さんに聞かされた。それ以来どうしているのか、わからないままだった。

万葉は、沙羅が友だちという言葉を知る前からの友だちだった。誰よりも近しい、兄妹みたいな関係だった。高校で再会できて本当に嬉しかった。それなのに今の万葉は沙羅だけではなく、誰からも距離を置いているように見える。

授業時間、ラウンジで一人本を読む万葉を見つけた。

「万葉くんっ」

沙羅は一つ席を空けて、腰を下ろした。

「本が好きなんだね」

あいかわらず万葉は何も言わない。

「わたし、読書は苦手。感想文とか難しいし、物語のテーマとか、主人公の気持ちとか、試験で当たったためしがないし」

万葉は本に目を落としたままだ。

「本を読んでる人って、他人からはただ静かに見えるけど、楽しいんだろうな。そういう姿、憧れる。子どものときにやたら本読めって言われて、そのときは夢中になったりもしたけど、段々読まなくなっちゃった。漫画すら読まないもん。万葉くんは本以外の好きなことないの？」

「………」

あまりの無反応にむなしくなってきた沙羅は、ひとまず撤退することを決めた。

「ごめんねー、邪魔して」

「……まなくていい」

突然万葉が口を開いた。

「本なんか、読まなくていい」

「え……」

「別に楽しくない」

万葉は薄い唇を尖らせて言う。

「じゃあさ、なんで読んでるの？」

伏せていた目を水平にあげた。

「どうしても眠れない夜に、眠らない理由ぐらいにはなる。あと……」

「あとは？」

「喋りたくないときに、黙っている理由になる」

その日の夕食の席で、学校の様子を聞きたがるお母さんに、万葉と再会したことを話した。

「万葉くん、どうしてるの？」

お母さんは、沙羅の知らなかった近藤家の事情を話し出した。遠くに引っ越したと思っていたのに、実は我が家と同じ沿線で暮らしていたことも初めて知った。引っ越しと同時に万葉の両親が別居したことも……お母さんは「一度万葉くんを家に連れてきなさい」と付け加えた。

次の日、沙羅は電車に揺られて、下北沢《しもきたざわ》駅で降りた。劇場や古書店、古着屋などが集まる賑やかな町として知られているが、沙羅はこれまで縁がなかった。

地図アプリを開いたスマホ片手にたどり着いたのは、小さな古書店だ。お母さんが住所を教えてくれた。

年季を感じる二階建ての建物。正面入り口を囲むように可動式の木製の棚が備えてあり、所々に置いた植木鉢にはパンジーやマーガレットが植えてある。

足元の木製の箱には古い雑誌や写真集が入っていて、興味を惹かれた。

ガラス戸をのぞくと、中は薄暗い。濃紺に丸襟の白が映えるパフスリーブの半袖ワンピース姿の自分がガラスに映った。風で乱れた髪を手ぐしで直していると、ガラス戸の向こうの本棚と本棚の間、奥にあるレジの前で本を読む万葉の姿が見えた。本から目をあげた万葉は、沙羅と目が合うと、ピタリと動きを止めた。

するとガラス戸が音を立てて開いた。赤いエプロンをした背の高い男性が立っている。見下ろされているのに威圧感がないのは、涼やかな目元が笑っているから。

「いらっしゃい」

男性は「こんにちは」と小さく頭を下げた沙羅から万葉へと顔を向けた。

「万葉の友達？」

「違います」「はい！」

二人同時に答えたが、少しだけ沙羅の声が大きかった。

数分後、万葉と沙羅は店を出て、向かいの区民会館のロビーの長椅子に座っていた。

万葉はペットボトルのお茶を一本沙羅に手渡し、もう一本のふたを開けて飲み始めた。

「ゆっくりどうぞ」とさっきの赤エプロンの男性がくれたものだ。

「万葉くんの家、古本屋さんだったんだ」

「実家を叔父……父親の弟が古本屋にした」

「叔父さん。そういえば万葉くんにちょっと似てるね。背、高いところとか、目元とか」

勢いで来たものの、何を言えばいいのかと言葉を探していると、万葉のほうから話し出した。

「母親の葬式の時……さ、沙羅のお母さんが来てくれたの覚えてる」

万葉は昔と同じ呼び方で、沙羅を呼んだ。

「わたし全然知らなくて、昨日お母さんから聞いたんだ。いろいろ、大変だったね」

「いろいろ」なんて漠然とした言葉だが、沙羅にはそれ以外思いつかなかった。お母さんの話によると、近藤家は引っ越した後に両親が別居し、万葉が小六の時、お母さんが病気で亡くなった。そう聞いた時、食堂でお母さんが作った弁当を腐した自分を引っぱたきたくなった。

「葬儀では涙もこぼさず気丈に振る舞って……沙羅と同い年なのに」とお母さんは話しながら涙ぐんでいた。

万葉は、「父親が再婚するのと同時に海外勤務になって、叔父さんがこの家とぼくをまとめて引き取ってくれた」とこれまでのことを簡潔にまとめて、また黙ってしまった。

万葉が人を寄せ付けない雰囲気になったのは「いろいろ」あったからなんだろう。沙羅はどうすることもできない歯がゆさをかみしめた。

ペットボトルのお茶を飲み干すと万葉は、ふたを閉めて立ち上がった。

「店、戻るから」

また行ってしまう、そう思った時に思わず声が出た。

「万葉くん!……わたしも本読みたいっ」

行こうとする万葉の背筋がピンと伸びた。

「ねぇ、本選び、手伝ってくれないの」

沙羅は古書店に戻って、店内を一通り見て回ってから訊いた。

「……好きなの、読めばいい」

万葉はまたレジに戻っていて、本から目を離さない。時代劇に出てくる武士のような佇《たたず》まいだ。

「だから、それがわからないんだってば。そうだ、なんかヒントちょうだい」

「……目が合った本にすれば」

「本に目なんかないよ！」

少し離れたところにいた客が、沙羅を咎《とが》めるように見る。万葉は素知らぬ顔だ。

「ぼくは、そうやって選んでる」

ぼそりとつぶやいた。仕方なく本棚の前で背表紙をじっと見る。目を皿のようにして、本棚の端から端まで移動した。

「目が合う本、ねぇ」

その言葉を手がかりに「目が合う本」探しに没頭した。しばらくして一冊の本を引き抜いた。

「これにしたっ」

本を見せると、眼鏡の向こうの細い両目が少し開かれた。悪い反応じゃなさそうだ。

「タイトルが気になったんだ」

「……ふーん」

叔父さんに本代を払うと、レジの脇にある丸椅子をすすめられた。

「もし沙羅ちゃんが気に入らなかったら、別の本と取り替えてもいいからね」

叔父さんは、なぜか申し訳なさそうに言う。沙羅は意味がわからず、あいまいに頷いた。

椅子に座ると、目が合った本『失われた時を求めて』を開いてみた。

時刻は夕方四時過ぎ。静かでゆったりとした時間が流れる。ふと目をあげて店内の壁に掛かった時計を確かめると、読み始めてから三分しか経っていない。万葉の方はほぼ同じページでページがめくられる。沙羅の手は数ページめくったところでぴたりと止まっていた。

「読まないの」

万葉は、沙羅の手が止まっているのに気付いていた。

「思ったより難しい」

「難しいよ、それ。叔父さんも取り替えてもいいって言っただろう」

さっきの叔父さんの申し訳なさそうな言い方は、そういうことだったのか。

「だ、だったら先に言ってよ。無駄に挫折しちゃったじゃない。あー読んでる間の時が失われたぁ」

万葉はギュッと結んだ唇を微妙に動かしている。

「……笑ってんの？」

万葉の薄い唇から白い歯がこぼれた。初めて、笑った。

「ひどいなぁ、わたし結構真剣に選んで、かなり力入れて読んでたのに」

「最初からそれに挑戦しなくても……無謀すぎる」

「知らないんだから、仕方ないじゃない」

万葉はこめかみを指でかき、手元の本を閉じると湯呑を手にして一口飲んだ。

「……自転車と一緒だよ」

「自転車？」

「乗るまでは難しいけど、一旦乗れるようになったら、どんなでこぼこの道でもそれなりに走れるようになる」

自転車の喩《たと》えに妙に納得し、沙羅は気を取り直した。

「じゃあさ、これから頑張って読んでみる」

「頑張らなくていい」

「頑張らなきゃ、わたしは読めないのっ」

沙羅は登校すると、まず図書室に顔を出すようになった。ここが一番万葉の出没率が高い。万葉は本の話はかろうじてするが、それ以外はほとんど話さない。沙羅は万葉との話の糸口を探して図書室に通っていた。

ある日、万葉が図書室のパソコンで本を検索していた。

「ねぇねぇ何の本、探してるの?」

「町の歴史」

「どこの」

「知多《ちた》半島」

「ちたはんとう……」

わかっていないのに気づいた万葉は、パソコンの画面を見せる。

「『愛知県の歴史』、『知多半島マップ』、『新美南吉《にいみなんきち》童話集』……愛知県かぁ」

「母親の出身地で、墓参りに行くんだ」

「そっか」

万葉が亡くなったお母さんの話をしてくれたのは初めてだった。

「新美南吉ってどっかで聞いたことある」

「知多半島出身で『ごん狐《ぎつね》』の作者」

「『ごん狐』! なつかしい。あれ、いつ読んだのかな」

「小四の時」

万葉は間髪入れずそう言った。

「よく覚えてるね……さすが」

記憶力に感心していると、

「ラウンジで、待ってて」

初めて万葉の方から話しかけてきた。

「……うん」

授業中のせいか人気がないラウンジで待っていると、万葉は何冊かの本を持ってやってきた。

「図書室で話をするのは他の人に迷惑だから」

そう言いながら、持ってきた本をテーブルに並べた。

「日本の小学四年生の国語の教科書には全部『ごん狐』が載っているんだ」

本のサイズや表紙の絵がそれぞれ違う『ごん狐』を眺めながら、万葉が言う。

「じゃあ万葉くんとわたしも『ごん狐』を同時期に読んだんだね」

沙羅は、離ればなれだった万葉との距離が縮まった気がした。

「ごん狐と、もう一人出てきたよね」沙羅は本をめくって文字を追う。

「これが兵十《ひょうじゅう》」

万葉は絵本版を開いて、男の絵を指さした。

「あー思い出してきた。ごんはいたずらをして釣りの邪魔をするんだっけ」

「釣った魚を魚籠《びく》から取り出そうとして、兵十に見つかるんだ。つかんだうなぎがごんの首にからまって、そのまま逃げたあと、うなぎの頭をかみ砕いて捨ててしまう」

うなぎをかみ砕く狐のグロテスクな絵が脳裏に浮かんだ。万葉は構わず話を続ける。

「その後、兵十の母の葬儀を見かけたごんは、兵十が母にうなぎを食べさせられなかったのは自分のせいだと、おわびに栗やきのこを兵十のもとへ運ぶようになる。誰が栗を運んでくるのかわからない兵十は百姓の加助《かすけ》に相談した。すると加助は〝神さまの仕業〟と言い兵十もそう思うようになる。ある日、家の中にいるごんを見かけた兵十は、またいたずらをされると思って咄嗟《とっさ》に火縄銃でごんを撃った……」

絵本の最後のページの、撃たれてグッタリとしたごんの姿を見て、沙羅は急に暗い気持ちになった。

「……かわいそうだね」

「残酷だよ。撃たれたあとに兵十が気づいたとしても、どうにもならない。報われない話だ」

万葉の静かに憤る表情と、絵本のラストを交互に見ながら、沙羅は何とか励ましたい気持ちになった。

「でもさ、かわいそうだけど、それでもごんは嬉しかったんじゃない」

万葉がまっすぐに沙羅を見た。

「どうして?」

万葉があまりに真剣だったので、ドギマギとしながら答えた。

「火縄銃を撃ったあと、兵十が栗の届け主がごんだとわかって、死にかけているごんに訊くでしょ。『ごん、おまいだったのか』って。そしたら『ごんは、ぐったりと目をつぶったまま、うなずきました』。やっと気づいて貰ったってホッとしたんじゃないかな」

万葉はラストシーンを読み返している。沙羅は、なぜか顔が熱くほてって、両手をあおいで自分に風を送った。

「なーんて、勝手な想像だけどね」

万葉はこめかみに指を当てたまま、黙っていた。


二学期制の都立S高校は、長い夏休みに入った。またスマホのゲームにはまって昼と夜が逆転しそうだし、お母さんと顔を合わせるのも面倒くさい。だけど今は逃げ場所がある。

「いらっしゃい。また来たね」

赤いエプロン姿の叔父さんが笑顔を見せた。沙羅は万葉の家兼バイト先の古書店に、週三、四回通うようになった。ここならうるさいことを言う人もいない。叔父さんはいつも歓迎してくれて、お茶やお菓子を振る舞ってくれたりする。それにもう一つ、沙羅には目的があった。

「万葉はもうすぐ仕事終わるから、ちょっと待ってて」

「大丈夫です！」

「あいつ、本があれば友だちなんかいらないって言うような奴だから、沙羅ちゃんみたいな友だちがいてホッとしたよ。今日もお洒落だね」

今日の沙羅は高い襟が特徴的な白のブラウスに、ブラウンのフレアスカート姿だった。

「ありがとうございます」

「若い頃に見た映画から飛び出してきたみたいだ」

万葉と違って叔父さんは気さくだ。相手が若くても年長でも同じ口調で話す。

「これからも万葉を頼むね」

そう言い残し、叔父さんは店の奥へと戻っていった。

通信制は基本独学で、決められたレポートの提出、週一回の対面授業への出席、そして年二回の試験に合格しなければ単位が貰えない。前期のレポートの提出期限を守らなかったことを注意され、沙羅は独学の厳しさを思い知った。

「お待たせ」

万葉が額の汗をハンカチでぬぐいながら店を出てきた。

歩いて向った区立図書館は、区外の住民も利用出来るし、フロアごとにジャンルの違う本が置かれていて、本が探しやすい。

学校のレポートはここで取り組む方が集中できる、と教えてくれたのは万葉だ。おかげでレポート作成が進んだ。わからないことがあればすぐに参考図書を探せるし、自分では選ばない本を見つける機会にもなる。

「必要な本は、背表紙を眺めているうちに自然と目に入ってくる」と万葉は言う。たしかに漠然と探すより、あらかじめ検索ワードでいくつかの本をピックアップしてから探すと本と目が合う気がする。面倒なレポートのおかげで、本の探し方が少しわかってきた。

「本と木という字は似ているだろ。本がたくさんある場所はさしずめ森だ。森には森にふさわしい歩き方がある。森で木を探すのは宝探しみたいなものだ。本という宝を探すにはコツがいる」

「宝探しって、なんか面白いね」

沙羅がそう言うと、

「……ト、トイレ行ってくる」

万葉は耳を赤くさせ、その場から逃げてしまった。万葉は自分で自分の言ったことに照れる癖がある。

レポートを書き終えて図書館を出ると、万葉がおもむろにリュックから本を出した。

「これ、売り物にならないから処分するつもりだったけど」

ビニールのひもで縛られた数冊の本を差し出す。

「くれるの?」

「いるなら」

「どうもありがとう」と恭《うやうや》しく受け取り、本を顔に近づけた。

「嗅ぐなよ」

「結構好きなんだ、この匂い」

古本の匂いはどこか懐かしい。

『ごん狐』の話をして以来、万葉は少し変わった気がする。学校の図書室、区の図書館、叔父さんの古書店、本に囲まれていると、自然と本の話になる。

万葉が薦めた本を読み、次の登校日に感想を話すと、万葉はまた新しい本を薦めてくれる。こうして毎土曜日に高校のラウンジで「課題本」の互いの読み方について話すのが常になった。

中島敦《なかじまあつし》『山月記《さんげつき》』、吉本ばなな『TUGUMI』、ディケンズ『クリスマス・キャロル』、山田詠美《えいみ》『ぼくは勉強ができない』、川上健一『翼はいつまでも』、森絵都《えと》『永遠の出口』

……ほとんどは万葉が教えてくれた本だ。

谷川俊太郎の詩「朝のリレー」は、万葉が好きな詩だった。

「中学でこの詩を読んだとき、ぼくは地球にいるんだと猛烈に実感した。普段感じたことのない、引力とか大気とか、そういうものまで見えるような気がしたんだ。太陽の周りを地球が回り、地球自体も回っている。わかってはいたけど、天文学を文学にしたところがすごいよね。天動説が主流の時代なら、この詩は生まれなかっただろうな」

両手を握りしめて熱く語る万葉に、沙羅はあっさりと言った。

「わたし、この詩苦手」

「……どうして？」

沙羅は髪をいじりながら、詩を読み返す。

「なんだろな、朝が来たら、みんな動き出すのが当然って常識を押しつけられているみたい。起きられない人にとっては、朝は拷問の時間」

「それは、思いつかなかった」

「思いつく人は、わたしみたいな堕落したひとだけっ」と沙羅はわざと声を低くした。

万葉は沙羅にも自分の好きな本を挙げるように言う。

「万葉くんのほうがいっぱい知っているし、わたしはいいよ」

と言っても、

「本を選ぶのも、読書のうちだよ」

と譲らない。

「じゃ……昔読んだの」とおずおずと作品名を伝えたら「ぼくも」と万葉がつぶやいた。

それは、宮沢賢治の「やまなし」だった。

川の底で二匹の兄弟蟹が「クラムボン」のことを話している。やがて蟹たちの上を泳ぐ魚がさらわれ、お父さんの蟹はかわせみという鳥の存在を兄弟蟹に教える。沙羅は「やまなし」を初めて読んだとき、水の中に閉じ込められたような気持ちになったことを思い出す。

二人の話題はやがて、「クラムボン」の正体へと移っていった。

「わたし、クラムボンはプランクトンだと思った。ちょっと名前が似てるし」

クラムボンは笑う。そしてクラムボンは殺される。フワフワと泡のように水の中を漂うクラムボン。言葉の響きが肌をなでられたみたいにくすぐったい感覚があって、プランクトンよりずっといい名だと思った。

「クラムボン、プランクトン、似てるか……でもプランクトンが笑う？」

「笑うかもしれないじゃない、目に見えないだけで」

「うーん」

万葉がこめかみにひとさし指をあてている。考えるときのくせだと最近わかった。

本の読み方は自由だ、万葉と話しているとそうわかる。物語のあらゆるところに話の糸口があって、どこからでも糸は引っ張りだせた。一人で読むよりも二人で物語を読み解く方が、意外な何かが見つけられて、それがとても楽しかった。

「クラムボンってさ、もしかして……」

そこで沙羅は口を閉じた。

万葉が続ける。

「クラムボンにはいろんな説があるけど、蟹は英語でcrab《クラブ》。クラムボンのクラムはクラブだとすると、かわせみの犠牲になった蟹の仲間の可能性がある」

万葉は、いつも論理的に答えを求める。

「たしかに、なるほどねぇ」

「そして蟹の子どもと蟹の父親が出てくるけど、蟹の母親は出てこない。クラムボンは蟹の母親というのが一番しっくりくる」

万葉がそう言ったとき、この本を課題にしなければよかった、と沙羅は思った。

「今、ぼくが母親のことを思い出したって考えただろう」

「え……」

「ぼくの持論だけど、人の個性は見た目じゃなく、たとえば質問したときの答えに出ると思う。人の本性とか本当の気持ちって、投げかけられた言葉にとっさに反応するんだよ。今の、沙羅みたいに」

返す言葉がなくて、苦笑いをうかべた。こういうのをお見通しというのだ。万葉はさらに続ける。

「食べ物の味を表わす言葉は、まろやか、こくがある、滋味《じみ》深い……数え切れないほどあるけど、その食べ物が美味しければ美味しいほど一言では収まりきれない。読書だって同じで、言葉をかき集めてその面白さを表わそうとするけど、言葉が、自分の語彙が足りないって感じるんだよ。結局読み終わっても、ずっとその本のことを考えている」

「そっか……読み終わっても、読書はずっと続いてるんだね」

　本の話になると万葉は饒舌《じょうぜつ》だ。

「読書は一人でするものだし、物語も言葉も解釈は人の数だけある。その解釈はたいてい自分の頭の中にとどめておくけど、感想として書くこともあるし、こうして話すのだって合評というひとつの読書だし……どれもとても面白い」

　そこまで言うとハッとした表情をうかべた。「じゃ、じゃあ」と背を伸ばした独特な走り方で行ってしまったあとに、正体不明のクラムボンのような光がキラキラと飛び交って見えた。


　昼間はまだ暑いけど、夕方になると秋めいた風を感じる。チラリと振り返ると、二人の影は夏のものよりほんの少し伸びた気がした。

　沙羅は駅から家までの道を歩いていた。隣にいる万葉は周りを見回してどことなく落ち着かない。

「あのパン屋、まだあった」「この空き地、昔クリーニング屋だった気がする」と子どもの頃の町並みを思い出している。

「引っ越してから十年くらいでそんな変わった?」

「いつも見ていれば気づかないんだろうけど、久しぶりだとよくわかる」

やたらに懐かしがる様子が、なんだか可愛い。

お母さんに何度もせっつかれて、ようやく万葉を連れてくることが出来た。家が近づくにつれ、どんどん万葉が昔に還っていくようで、沙羅は嬉しかった。

その時、道の向こうにいる紺色のひと塊が目に入った。制服姿の男女の集団が楽しげに騒ぎながらこちらへと歩いてくる。その先頭にいた女子と一瞬目が合ったような気がして、ドキンと心臓が跳ね上がり、自分の姿を隠せる場所を捜した。

「……ら、沙羅。あれ、どこ？」

万葉の視界に滑り込むように、沙羅は角から顔を出した。

「よかった。急に見えなくなったから」

万葉はホッとした顔をしている。

「え、ずっといたよ」

沙羅は目の端で遠ざかっていく制服の集団の背中を見た。万葉は沙羅の目の動きに気づくと「知り合い？」と訊いた。

「ううん、あ、うちは左じゃないよ、こっちの道」

「あぁ、そうか」

沙羅が思い切って万葉の腕をとると、万葉はされるがままになって家に着いた。

「変わらないね、ここ」

「古くなったでしょう」

一橋家は二階建ての家が三つ並んだ住宅の一戸。三つの住宅の屋根がつながった構造だ。玄関わきの花壇は、お母さんが年中花を植えている。今は小ぶりなひまわりたちが笑うように風に揺れていた。

「お隣さんはどんな人？」

万葉はかつての住まいの玄関を見た。

「小さな男の子とご両親」

一戸建てとマンションの中間のような住宅で、それぞれの家の前に専用駐車場がある。

「うちとまったく同じ家族構成だね」

思い出したくないことまで思い出させてしまっただろうか、と沙羅は心配になった。

お母さんは玄関口で成長した万葉を見て「立派になったわね」と一人感動し、夕飯の途中で帰ってきたお父さんも「久しぶりだなぁ」と相好《そうごう》を崩していた。万葉はお父さんに訊かれるまま、卒業後の進学希望について答えている。姿勢が良く、礼儀正しい万葉が、自分よりもずっと大人に見えた。

二人分のお茶をお盆にのせて、二階の部屋へ案内すると、万葉はちらっと本棚を見やった。

「本棚見られるのって、めちゃくちゃ恥ずかしいね」

「あ、ごめん」

「いいよ」

八畳の洋室にあるのは、机とささやかな本棚とベッド。お茶は床に置いて、座布団代わりの薄手のクッションを二枚敷いた。万葉はクッションに正座した。

「足、崩してよ」

「これが楽だから」

背筋を伸ばしたまま、お茶を一口飲んだので、沙羅もならって正座した。

「万葉くん、将来のこと考えててビックリした。わたしなんかぜーんぜん。ま、期待もされてないけどさ」

「大人はみな将来のことばかり訊きたがる。何か答えておけば安心するんだよ」

「……普通の高校だったらわたし一年生だから。万葉くんからも周回遅れだし」

一年遅れで高校入学したことは、仕方がないことと思っていた。でも万葉と同学年になれないことだけが悔やまれた。

万葉は湯呑茶碗を置くと、こちらに向き直った。

「通信制高校の生徒がどれくらいいるか知ってる？」

「……知らない」

「統計によると高校生の十七人に一人が通信制高校の生徒なんだ」

「そんなにいるの？」

万葉は頷いた。

「入学式で校長先生が話していた。最初からここを選んで入ってくる生徒もいれば、全日制から編入してくる生徒も多い。そもそも普通なんて概念は、ここにはないんだよ」

「うん……」

「うちの高校は無学年制。周回遅れなんて気にすることない。ちゃんと勉強すれば卒業できる。進学だってできる」

そう言い切ると、万葉は唇の端で微笑《ほほえ》んだように見えた。周回遅れを気にしている自分が、なんとなく馬鹿らしくなった。

沙羅は立ち上がって本棚から一冊の絵本をとると、万葉に渡した。擦り切れて変色してしまっている表紙には、まっすぐにこちらを見る金色の髪の少女が描かれている。

「これ、返したかったの」

マリー・ホール・エッツの『わたしとあそんで』。

「わたし、この本が好きで、万葉くんの家に行くと必ず読んでた。そしたら万葉くんが貸してくれて、ずっと借りたままになってた。いつか返さなきゃと思っていたんだ。大事にしまい込みすぎて、見当たらなくて、ずっと探して、ついこないだ見つかったの」

絵本を受け取った万葉は本に見入った。

「……これ、ぼくのじゃない」

「えっ」

「母さんのだ。母さんが子どもの頃に読んでいた絵本」

「そうだったの……」

万葉は表紙の少女にそっと触れた。

「……よかった、この絵本があって」

この古い絵本は、沙羅にとっては万葉との、万葉にとってはお母さんとの思い出だった。

万葉はビニール袋に仕舞った絵本を小脇に抱えて、一橋家を後にした。

さっきまで万葉がいた自分の部屋が、急にさみしく感じられた。


長い夏休みが終わると、前期の試験が始まった。教室を移動しているときに、万葉の姿を見かけたけど、なんとなく声をかけそびれてしまった。

予備日を含めて三週にわたった試験が終わってから初めての登校日、万葉は学校へ来なかった。わずかな期待を込めて図書室へ行ってみたけど、やっぱりいない。

せっかく来たし、次に万葉と話す本を探そうと、本棚を眺めてみた。でこぼこと違うサイズの本が同じ大きさに仕切られた棚に収まっている。別の本棚を見ると数字以外見分けがつかない本が棚いっぱいになっている。何より本の量に圧倒されてしまう。

少し厚いのに挑戦しよう、とその作家全集の棚の前に立った。ためしに一冊引き抜いた本は頑丈な作りで、ずしりと重く、せっかくのやる気がどこかへ逃げて行きそうだ。一旦本を戻す。こんな手強そうなのを読んでいる万葉をあらためて尊敬した。

全集の棚から移動し、もう少し読みやすそうな「目が合う本」をいくつか選んで、椅子に座って読み始めた。以前よりも細かい文字を追うのに、少しだけ慣れた。ゲームをしている時の時間の流れとは違う。読書は集中の仕方もっと穏やかで、何よりこうして読んでいると、一人でいることが心地いい。

校舎を出ると、涼しい風が顔をなでた。静かに落ち着いた心のまま家に帰り、今日借りた本を読み、この状態を少しでも長く保ちたい。そしてまた来週万葉と本の話をしたい。そんな気持ちで歩き出した沙羅は、ふいに声をかけられて振り返った。

「沙羅、だよね」

その声はゲリラ豪雨みたいに、沙羅の心に叩きつけた。

後期の授業が始まってから、まだ沙羅の顔を一度も見ていない。

連絡先を訊いておけばよかった。なんとなくそのタイミングを失っていたことを万葉は今更ながら後悔した。

試験が終わってすぐ知多半島に行き、墓参りをしてきたことを沙羅に話そうと思っていたのに、もう一ヶ月以上顔を見ていない。レポートを期日までに出しているのかも気になったし、体調不良なのかと心配になる。

職員室まで穂村先生を訪ねて、沙羅の様子を訊いてみたが「ここは、生徒の自主性にまかせている学校だからね。あ、もし連絡取れたら、職員室に来るように伝えておいて」と逆に伝言まで頼まれた。

十一月に入って最初の土曜日、万葉は下校したその足で再び懐かしい駅に降り、一橋家への道順を思い出しながら歩いた。連絡もなく人の家を訪ねることに、少し緊張を覚える。

家へと続く最後の角を曲がるとき、向こうから勢いよく走ってきた人とぶつかった。

胸に衝撃が走り、はじかれた相手が顔をあげた。よく見ると白っぽいパジャマを着ている。

「沙羅……」

化粧をしていない沙羅はあどけない顔をしていた。あっけにとられている万葉の脇を沙羅が走ってすり抜ける。万葉はすぐに追いかけ、逃げようとする沙羅の左腕をとらえた。沙羅は一瞬抵抗したが、万葉はとらえた手を離さなかった。

ただ事でないのはわかったが、ここでは事情を聴けそうにもない。

帰りたくない、と沙羅が言うので、とりあえず着ていたカーディガンを脱いで沙羅に着せ、一旦駅の近くにあるカラオケボックスに入った。

オーダーした温かい紅茶が届き、店員がいなくなると、沙羅は紅茶を一口飲んで言った。

「……このカーディガンあったかいねぇ。しかもおっきいから腰まで隠れるし」

大げさに袖をまくってみせた。

「……いったいどうしたの?」

「お母さんと喧嘩して、家出てきちゃった。朝からパジャマだったの忘れてバカだよね」

沙羅はおどけようとしたが、そろそろ限界だろう。万葉は訊いた。

「沙羅はいつ、キャラを変えたの?」

他の部屋で歌う声がかすかに流れてくる。沙羅は視線を上にやったり下にやったりと落ち着かない様子だった。

「ぼくの知っている沙羅は、母さんの絵本に出てくる女の子みたいに、おとなしい子だった」

「……高校入ったら、キャラを変えたかったんだけど……ばれちゃってたか」

沙羅は息をのんで、ゆっくりと吐くと、語り出した。

「わたし、周回遅れって言ったでしょ……わたしだけ小学校の友だちと学区が違ったせいで、隣の中学校に入学して、知り合いがいなかったんだ……」

沙羅は履いていたサンダルをのっそりとぬぐと、両足をソファにのせて自分の身体を抱くように膝を抱えた。

「……『わたしとあそんで』の女の子は、自分から遊んでって動物や虫に声をかけてくけど、みんな逃げて行っちゃうでしょ。でもじっと待っていたら友だちが集まってくる。わたしは自分から遊んでって言えないから、待ってみようと思ったんだ。それから少しずつ仲良くなれる子ができて……その子たちに、あれ持ってきて、これ持ってきてってリクエストされると、友だちだから頼りにされてるんだって思えて文房具でも洋服でも家からこっそり持っていった。そしてどれも返してもらえなかった……ある日、お金持ってきてって言われて、お母さんの財布からお金を取った。ドキドキしたけどバレなかったから、それから何回も取って、そのうちドキドキしなくなってきた。だけどお金取るところをお母さんに見つかって、ものすごい怖い顔してぶたれた」

沙羅はパジャマの袖を引っ張り上げて涙をぬぐった。

お金を取った理由を両親に打ち明けたけど、学校に訴えても「友だち」は誰も認めなかったし、学校も証拠がなければ動けなかった。結局真相はうやむやになったまま、沙羅がお金を取った事実だけが残った。そのショックで沙羅は部屋から出られなくなり、学校へ行けなくなった。ふさぎこんでしまった沙羅に、両親はかける言葉を失い、家の空気がおかしくなってしまった、という。

「……そしたら、起きられなくなって、朝からずっとゲームして……時々ご飯食べて、疲れたら寝るだけ。お母さんはわたしの顔を見ると泣くし、お父さんは『沙羅はどうしたいんだ』って訊くけど、わたしだってわからなくて……。そんなこと一年くらい続けてたら、ある日テレビで通信制高校の特集をやってて。このまま一生家の中にいるのか、それとも週一回でも登校するのか……考えて、生まれ変わったつもりで洋服もメイクも変えて、今の学校に入学したの。そうしたら、万葉くんと逢えた……昔みたいに、一緒に遊んだ頃みたいに、戻りたかった。そうなれる気がしたとき、こ、こないだ、万葉くんをうちに連れてきた日に見かけた、わたしが『友だち』だと思ってた子たち。どこで聞いたのかわかんないけど、学校帰りに待ち伏せしてて、またお金って言われたらどうしようって、怖くて、走って逃げて……また学校に行けなくなった」

万葉がジーンズのポケットからハンカチを取り出して沙羅に握らせると、沙羅は大きな声をあげて泣いた。万葉は沙羅の丸めた背に手を当てて、子どもをあやすように軽く叩く。沙羅はしばらく泣き続けると涙をぬぐい、乱れた呼吸を整えようとした。これまでのことをさらけ出す沙羅に戸惑いながら、万葉は突き上げるような感情のまま、口を開いた。

「ぼくは両親が別居してから、母さんと一緒に暮らしていたんだ。でも母さんが病気になって父さんのもとへ引き取られた。それから母さんは死んで、そのうち父さんが再婚することになって、再婚相手とドイツに行くから一緒に来いって言われた……ぼくは断固断った。誰かに頼って、振り回されたくない。働きながら勉強して、早く自立しようと思って、今の高校に入った」

万葉は、自分の中からあふれるように言葉が出てくるのに我ながら驚いていた。

「こないだ知多半島に行って、母さんの墓参りをしたあと、『ごん狐』に出てくる山のモデルといわれる権現山《ごんげんやま》の近くを歩いたんだ。秋はその辺り一帯に真っ赤な彼岸花が咲く。母さんが『あんなに綺麗な景色はない』ってよく話してくれたから、一度見てみたかったんだ」

万葉はスマホを取り出して、沙羅に写真を見せた。

「この写真を撮りながら、こう思った。ぼくは物語くらい幸せに終わってほしいと思うから『ごん狐』を読むと、無性に悲しくなる……でも沙羅は言った。ごんは兵十に気づいて貰って嬉しかったんじゃないかって。それがごんの幸せなら、これは十分ハッピーエンドなのかもしれない……物語は変わらなくても、解釈が変わったら、これまで感じたことのないようなとても幸せな気持ちになった。そういう風に思えたのは沙羅のおかげだ……」

沙羅の目からまた涙がにじんできたので、万葉は慌てた。

「もう、な、泣くなよ」

「……嬉しくても、涙はでるの」

そう言って沙羅は腫れた目をほそめた。


およそ一年と四ヶ月後、万葉は卒業式を迎えた。体育館で行われた式典には、沙羅もいつもの正装で参列した。

式が終わって沙羅がラウンジにいると、万葉がやってきた。沙羅の膝には本が開いてあったけど、読んでいる様子はない。

「どうしたの？」

「万葉くんが卒業したら、もうここで話せないんだね」

万葉はH大学の通信制に進学することになっていた。叔父さんの店で働きながら学ぶということ。多分これまでよりも忙しくなるんだろう。ここで話せないのはもちろん、外で逢えるかどうかもわからない。そう考えたら急に涙が出そうになって、ごまかすようにカバンの中をごそごそと探った。

「これ、プレゼント。卒業おめでとう」

沙羅は白い包装紙につつまれた四角く平べったいものを万葉に押しつけるように渡した。

「……本？」

「うん。気に入るか、わかんないけど」

文房具も候補に考えたが、やっぱり本にした。だけど本を贈るということがこれほど難しいとは知らなかった。

万葉は沙羅の隣に座ると、丁寧に包装紙を剝がしはじめた。沙羅は万葉の反応を見るのが不安になって、反対方向に顔を向けた。やがて万葉がつぶやいた。

「『銀河鉄道の夜』、きれいな絵本だね」

「書店で目が合ったから、これにした」

万葉は早速絵本を開き、パラパラと数ページ目を通し、最後の奥付もじっと確認している。

そして顔を上げると言った。

「……これ、昔読んだのとちがう気がする」

「『銀河鉄道の夜』は賢治の死後に原稿が発見されて、内容が違う第一次稿から四次稿まであるの。今出ている本の多くは四次稿だって……て、本の受け売りだけど」

「未完だったって聞いたことがあった……沙羅に言われなければ、そのことを忘れたままだった……ありがとう」

万葉のストレートな物言いに照れながらも、沙羅はほんの少し誇らしさを感じた。

学年は一年遅れだけど、以前より万葉と並んでいられるような気がする。

「じゃ、お返し」

万葉はリュックから本を取りだした。

「状態の良い本があったから叔父さんから買ったんだ。図書室でも読めるけど」

「……ありがとう」

この本？　という沙羅の気持ちを見透かしたように、万葉が言った。

「これ、いつか図書室で沙羅が寝ているときに枕にしていた本。これを次の課題本にしよう」

また逢えることを喜んでいるのは不純な気がして、ぐっと感情を抑えて返事した。

「わかった」

「この本、かなり長いから覚悟して」

「え」

見た目はそれほどでもないのに、と思いながら沙羅は本を手に取った。本のタイトルの右横に第一巻と書いてある。

できるだけ長く、この時間が続いて欲しい、だから沙羅は何巻まであるのかを訊かないことにした。

あなたとわたしをつなぐもの

ポーン

ポーン　ポーン

心地よくリズムを刻む音が耳の中で響き、沙羅を眠りに誘う。子どもたちのはしゃぐ声とともにボールが弾んでいる。寝転んでいる沙羅の閉じかけの目に、空の青が飛び込んできた。どうして空は青で、海も青なんだろう……万葉なら知っているような気がする。

学校のテニスコートで、自分がプレイするのを想像する。沙羅は中学時代にほんの少しだけテニス部に所属していた。球拾いばかりで、ちっともコートには立てず、そのうち学校へ行かなくなって退部扱いとなってしまった。

沙羅が通う都立S高等学校の通信制は週に一度、土曜日にスクーリング（面接授業）がある。体育だってしっかりある。バスケットボール、バレーボール、水泳のほか、体育館で行うヨガの四科目で、選択は生徒に任されていた。三年目の沙羅は、今年はヨガを選んだ。ヨガは開校当時から人気のある授業だ。

通信制は基本独学だから、学校の友達ができにくい。だから、チーム戦のように仲間が必要なスポーツより、ヨガのほうが好まれるのだ。

一昨年この高校に入った沙羅は、一年先に入学していた幼なじみの万葉と再会した。万葉は沙羅に頑《かたく》なな態度だったが、この学校へやってきた互いの事情を知り、読書を通じて段々と打ち解けた。

ある日の休み時間、廊下の一歩先を歩いていた万葉がテニスコートを見下ろして、独り言《ご》ちた。

「『青が散る』」

その声に反応して、沙羅が返す。

「なにがちる?」

「『青が散る』宮本輝の小説。主人公はテニスをしている」

「へぇ、面白い?」

「読むならうちにあるから持ってくるよ」

そうやって、昨年の秋に万葉から借りた『青が散る』を家のリビングで読んでいた。

青……青春はどうして青いんだろう。

すると掃除機をかけていたお母さんが目ざとく見つけた。

「あら、懐かしいわね。昔ドラマも見たわ。テニスの青春小説」

そう言いながら、見えないラケットを振った。

その言葉をそのまま万葉にラインで伝えると、すぐに返信が来た。

(青春は、どんな時代でも変わらないものなんだね)

沙羅は指を動かす。

(青春は、なんで青、なの?)

五分ほどしてから返信が来た。

(考えてみたら)

たしなめられた気がして、沙羅は少しムッとする。それでラインは途切れた。

わかんないから、訊いているのに……でも万葉に頼りすぎなのかもしれない、と沙羅は自省した。


「はぁ」

文字ではっきりと書けるようなため息の音量に、斜め前の席の女の子が振り返った。沙羅は視線が合わないよう上半身を机に伏せた。最近、声が心から漏れ出してしまうことが多く、変な目で見られている気がする。

万葉が卒業してから、沙羅はひとりの時間が増えた。

この高校は、自分のペースで受ける授業を決められる。必然的に単独行動になるが、人間関係が苦手な生徒にとっては楽な制度だ。沙羅自身、中学で不登校になり、家に引きこもっていたが、週に一度くらいならなら通学できるかも、とここに進学してきた。万葉のように「働きながら通える」という理由でここを選んだ生徒もいる。

万葉とはそれぞれ持ってきたランチを食べたり、授業がない時間や放課後、ラウンジでパック飲料を飲んだりしながら本の話をした。去年までは——。

当たり前みたいに続いていた日々が途切れてしまった途端、調子が狂ってしまい、新学期が始まってみなぎっていたやる気はどこかに失せてしまっている。

今日もスマートフォンに万葉からの連絡はない。

そもそもお互いに何か思いついたときや、用がある時になんとなく連絡していただけで、必ずしも毎日連絡をとっていたわけではない。前は連絡がなくても何とも思わなかったのに、連絡のペースが空いていることに気付いた途端、妙に落ち着かなくなってきた。

最後に会ったのは三月末。万葉の叔父さんが経営する下北沢の古本屋に押しかけた。時間がある時、万葉はここで店番をしている。あれからもう一ヶ月以上経っている——。

沙羅は再度古本屋へ直撃してみることにした。明日は日曜なので万葉がいる確率が高い。そう決めたら目が冴えてきた。と、同時に授業終了のチャイムが鳴り、沙羅は顔をあげて、黒のチュールを重ねたスカートを翻《ひるがえ》して椅子から立ち上がった。

翌日、沙羅は下北沢駅から飛び跳ねるように古本屋へ向かった。だが、店のシャッターは閉じられ、叔父さんが手書きした貼り紙が貼られていた。

臨時休業　店主

「えーーーー」

その声に反応した通りがかりの人々が沙羅を見るので、唇を横一文字に閉じる。

万葉も一緒なのだろうか……その時、スマートフォンにラインが入った。

ずっと未読になっていた沙羅のライン（元気）（万葉くん）（既読にならないね）（もしかして怒ってるの）の次に万葉からメッセージが入った。

（九州に向かっている）

「はーーーー？」

また声が出てしまった。人目は気にせず、指を動かす。

（なんで？　九州？）

（おじさんを探しに行くんだ）

ラインを送ったのとほぼ同時に万葉から届く。詰まっていた水道管が一気に流れるみたいに次々にメッセージが送られてきた。

（一週間ほど前に突然叔父さんがいなくなった。九州に行ったことがわかったので、探しに行ってくる）

（見つけたら連れ戻す）

突然いなくなったなんて、一体何があったんだろう。

（しばらく東京には戻らないかも）

しばらくってどれくらい？　大学はどうするの？　叔父さんは九州に何しに行ったの？　訊きたいことはたくさんあるが、沙羅が打つ前に返信が届いた。

（また報告するよ）

万葉のラインはそれで途切れた。


翌週、ともかく学校だけは行こうと頑張って家を出たのに、電車が遅延して一限目に間に合わなかった。

沙羅は途中から授業に出る気分になれず、ラウンジの長椅子に座った。行儀が悪いのは承知で、編み上げブーツを脱いだ足を椅子に投げ出し、図書館で借りた本を開く。万葉に倣って、気になったキーワードで検索した本。借りて初めてミステリーだと気付いた。

あれ以来、万葉からラインが来ない。九州といっても、一体どこにいるのだろう。

「九州……」

「きゅうしゅう?」

自分の声に連なるように、別の声がした。

驚いて顔を少し上げると、すらっと細く、でもしっかりと筋肉もついた野生のシカのような二本の足が目に入った。沙羅はあわてて椅子の上の足を床におろす。

つるつるとした膝の上一〇センチあたりに紺色のプリーツスカートのすそが揺れている。腰に同じく紺色のニットを巻いて、白いブラウスは一番上のボタンを開けていた。でも、だらしない感じではなく、Vに開いた襟元に細い首が映える。

薄くつややかな唇、切れ長の目にきりっとした眉のライン、ほんのりと茶色いショートカット――先週、斜め前に座っていた女の子だ。

「松本清張の『点と線』。北九州に記念館あるよね。行ったことあるよ」

彼女は本の表紙を覗き込むようにして沙羅の左側に腰を下ろした。短い髪からいい香りがする。久しぶりに同年代の同性がそばにいることを妙に意識してしまう。

「わたし、朝倉佑月《あさくらゆづき》。今年入学したの」

この高校は決まった学年がないので、入学した年が学年代わりだ。今年入学でも十六歳とは限らない。沙羅だって入学したのは十七歳になる年だった。

「一昨年入学の一橋沙羅……それ、制服?」

新入生にどう話していいかと迷いながらも、佑月の服が気になった。この高校は制服がないのに……佑月は立ち上がると、両手でプリーツスカートを広げた。

「制服風。憧れてたのに、この学校、制服ないんだよね」

よく見るとブラウスのポケットには薄いブルーでブランドのロゴが刺繍してある。膝上のスカートも制服なら短すぎる。自分のスタイルの良さをよくわかっているコーディネートだ。

「わたし、制服なんて嫌だったけど……」

そんな考えの子もいるんだ、と沙羅には意外だった。

たしかに制服がないのは自由だ。でも学校にふさわしい服を考えるのは結構面倒だ。席に座って佑月は長い脚を組んだ。

「あのさ、沙羅ちゃんって呼んでいい？」

「あ、うん」

「沙羅ちゃんの服、別の意味で制服っぽいね」

「あはは」

高校デビューの際に着始めたドール風の洋服は、沙羅にとって戦闘服代わりだ。自分で自分を守るために、自分の世界を作っている。今日は黒ベースで襟だけ白の五分袖ワンピース。胸元にはボルドーのリボンがついている。でもこれは登校日だけのファッションで、それ以外の日は、お小遣いで買える安価なファストファッションだ。

佑月は沙羅の足元からゆっくりと舐めるように見るので、恥ずかしくなって佑月から目をそらす。

一時限が終わったらしく、ラウンジに生徒が増えた。制服風の佑月とドール風の沙羅は、傍から見ると奇妙な組み合わせに思われるかもしれない。落ち着かなくなって、その場から離れたくなった。

――一人の方が楽、だな。

そう思いながら目を上げると、佑月は花が咲くように笑い、綺麗な歯並びを見せた。

「ドール風の洋服、すっごく似合ってる。いっつも思ってた」

「ありがとう……そっちの制服風、いいね」

照れくさかったけど、沙羅は嬉しかった。

佑月はこれまで校内で沙羅を見かけていたのだろう。でなければいつもドール風の洋服と知らないはず。

万葉が卒業して二ヶ月。佑月はいい子そうだ。沙羅にもやっと友達と呼べる人ができた気がした。

初めて会ったその日に佑月とラインを交換し、毎日のようにやりとりをしているうちに急速に距離が縮まった。佑月から誘われ、平日に学校以外の場所で会うことになった。

「一度来てみたかったんだ」

そこは沙羅にはなじみの下北沢だった。千葉県の柏にある佑月の家からは少し遠い。

今日も佑月は薄いピンクのブラウスにネクタイをリボンにし、紺のボックススカートの制服風。沙羅も佑月に倣って「制服」スタイルだ。襟の高いブラウスに、カボチャのような丸いシルエットのスカートを合わせた。下北沢駅で落ち合った二人は、お互いのファッションを褒め合ってから歩き出した。

「柏からなら千代田線で代々木上原まで来て、小田急線に乗り換えたら着くのに」

「そんな自由がなかったから」

「へー」

去年まで中学生だったなら、行動範囲もそれほど広くなかっただろう、と沙羅はひとりで納得する。下北沢は演劇の街として有名だが、小さな店が隙間を縫うように立ち並び、歩くだけでも楽しい。

佑月は物珍しそうに古着屋を覗き、ピンクやブルーのTシャツやトートバッグを買っている。沙羅もカラフルな一輪挿しを買った。お母さん以外の誰かと買い物するのは初めてで、自然とはしゃいでしまう。佑月はお洒落で可愛くて、一緒にいるだけで楽しい。事前に調べてきたのか、しょっちゅう来ている沙羅よりも街の情報に詳しく、細い道へ入っても迷わずに、次の目的地へたどり着く。

お昼を過ぎた頃、佑月に誘われて雑居ビルの二階にあるカフェに入ると、オススメのフルーツサンドイッチと紅茶をそれぞれ頼んだ。店内のテーブルは女性客で埋め尽くされ、少し高めの話し声とクラシック音楽が混ざり合っている。

「こんな店、あったんだ」

「沙羅ちゃん、よく来るって言っていたのに、何にも知らないんだね」

沙羅が来るのは、万葉の叔父さんの古本屋だけだ。佑月とやり取りする中で、万葉の話をした。高校で幼なじみの万葉と再会したこと。彼とはいつも本の話をしていることも——。

——そういえば、万葉くんは帰ってきたのかな。だったら連絡くれてもいいのに。

五分も歩けば、叔父さんの古書店に着く。だが、沙羅はなぜか行こうという気持ちになれなかった。

ふと、佑月が自分を見ていることに気付いた。

「幼なじみの叔父さんの古本屋さんがあるんだっけ」

「うん」

「近藤万葉くん、だっけ」

「うん」

佑月は不自然だった。わざと「だっけ」と付けながら万葉のフルネームを挙げた。

「沙羅ちゃんは、万葉くんと付き合っているの?」

「ちがうよ、そんなんじゃない」

万葉はたぶん自分のことを一番よく知る友だちで、親戚みたいな感じかもしれない。

「好きなのかと思ってた」

「……………」

返す言葉が見つからなくて、沙羅が黙ってしまうと、佑月は紅茶をゆっくり飲んだ。

やがてサンドイッチの皿が空き、ポットから二杯目の紅茶を入れていると、佑月が沈黙を破った。

「さっき、わたしには自由がなかったって言ったじゃない。あれ、親のせいじゃないの」

「え？」

「中学の頃、長期入院していたんだ。それで学校に行けなくて……同級生より一年遅れちゃって、今の高校に来たの」

佑月は免疫の病気で、外出もままならなかったという。詳しい病状は訊かなかったが、重篤な状態だったようだ。

「結構大変だったんだ……入院してる間、死ぬんじゃないかって泣いてばかりいた……他にすることないし、その間にも友達がどんどん勉強しているんだと思ったら焦っちゃって、それで本ばっかり読んでた」

「……わたしも、中学校あんまり行けてない……病気じゃないけどね」

佑月もそれ以上訊かない。通信制高校の生徒には、大なり小なり通学制を選ばなかった理由がある。自分から話すまで訊かないのが「礼儀」だ。

佑月に比べれば、自分が不登校になった理由なんて大したことじゃない。そうわかっていたが、せっかく佑月が話してくれたのに、自分だけ黙っているのはずるい気がしたのだ。

「わたしが本を読むようになったのは、高校に入ってからだけどね」

万葉の影響であることは、言わずにおく。すると佑月は笑顔を取り戻した。

「初めて会った時、沙羅ちゃんが本を読んでたでしょう。それで、なんか気が合いそうだって思ったの。これね、わたしの好きな本」

すっと沙羅のカップの隣に置かれた表紙を見ると、伊藤計劃《けいかく》『ハーモニー』と書かれている。真っ白な表紙からは、どんなジャンルの本なのか想像がつかない。

「SFなの。超おすすめだから読んでみて」

「ありがとう」

佑月はゆっくりと紅茶を一口飲むと、明るくおどけた。

「わたし、この学校でちゃんと青春したいんだ。沙羅ちゃん、よろしくね」

差し出された手を沙羅はおずおずと握り返す。華奢な白い手は思いがけなく力強かった。

家に帰ってからも、佑月のことが頭を離れなかった。階下からお母さんの声がしている。

「沙羅、ごはんできたわよ」

答えずにいるとついにお母さんが部屋までやってきた。ベッドに寝転がっている沙羅を見下ろしてあきれたように言う。

「聞こえているなら返事しなさいよ……体調悪いの？」

お母さんは手のひらを沙羅の額に当てた。

「……微熱、あるかしら」

「ちょっとだるくて」

「横になってて。食べられそうならおかゆでも作るわ」

そう言うと部屋を出ていった。階段を降りる足音が遠ざかっていく。

言いつけ通りに横になると、少しめまいがした。中学時代、学校に行けなくなった時も最初は微熱が出て、お腹が痛くなった。沙羅は心の調子が体に出てしまう。いろんな意味で自分が弱いということはわかっていた。

今、自分が弱っている原因は何だろう。

病気で学校に行けなかった佑月だけど、心は強かった。入院中に本を読んでいたなんて、尊敬すべきことだ。

ふと起き上がって、バッグの中から本を取り出す。今日の帰り際、佑月が貸してくれた本。開くと、挟まれた栞《しおり》が目に入った。薄いピンクの栞は、今日の佑月のブラウスと似た色だった。

いきなりガチャリと音を立てて扉が開き、体温計片手にお母さんがじろっと沙羅を見た。

「もう、横になってなさいって言ったでしょう!」

お母さんが心配したとおり、沙羅の熱は上がり続け、結局丸三日間横になっていた。その間、いくつも夢を見た。万葉へのラインも滞り、佑月からは毎日のようにラインが来て、病状を短く返信した。

次の週、復活した沙羅は一限目に間に合うように家を出て、予定通り学校に着いた。

午前の授業が終わって、別の授業に出ていた佑月と合流し、ランチを食べようと食堂へ向かう。

「貸してくれた本、まだ読み終わっていないけどすごく面白いね」

「よかった、沙羅に気に入ってもらって」

佑月は『ハーモニー』についてスイッチが入ったように語りだす。

「この本は入院している時に読んだんだ。健康第一で風邪すらない社会ってすごいよね。それって良さそうに聞こえるけど、わたしみたいな病人の存在自体が否定されてるってことだよね。だからかな、よけいに体制に反発する子たちの気持ちがわかったんだ」

『ハーモニー』は、健康を第一とする社会を舞台にしたSFだった。誰もの身体が「公共物」として大切にされるため、酒や煙草といった嗜好品はもちろん、自殺することは固く禁止されていて、そんな世界に抵抗し、反乱を試みた三人の少女が自ら餓死しようとする——。

佑月の話はなかなか終わらず、食堂を退散すると誰も居ない教室を二人で勝手に占領して、話は続いた。

「まだ最後まで読んでいないんだからね」

沙羅がたしなめると、佑月が「あ」と口を開けた。

「そうだった。……今まで話したところ、ネタバレしてない？」

「たぶんね」

「早く読み終わってほしい！　同じ本を読んで話し合える相手ってなかなかいないもん」

たしかにそうだ。万葉と同じ本を読み、読後に感想を話すのは面白かった。

「わたしね、沙羅と同じ本で感動したり、好きな気持ちを共有したりしたいんだ」

ラインではすでにお互い呼び捨てになっていたが、実際呼ばれると、なんだかくすぐったい感じがする。

昼休みの終わりを知らせるチャイムが鳴り響く。その音が消えるまで二人は黙っていた。

「……佑月ってミァハぽいよね。物知りだし、本が好きだし」

「ほんと？　嬉しい！」

佑月がいきなり沙羅をハグしてきた。思いがけず柔らかな佑月の体の感触にドギマギとする。

御冷《みひえ》ミァハは三人の中でリーダー的存在だ。強く、美しく、謎めいたミァハと佑月をいつの間にか重ね合わせて読んでいた。

ゆっくりと体を離しながら、佑月は大きな黒目に沙羅の姿を映し出す。

「じゃあ、沙羅はトァンだね」

「そう?」

意外な指摘だった。

国家に従う立場でありながら、人類の調和《ハーモニー》を信じていないトァン。

「わたしにとって、沙羅はトァンだよ」

あんまり佑月がまじめな声を出したから、戸惑ってしまい、沙羅は意味もなく笑う。

ふいに佑月が沙羅の手を取って、自分の顔をその手に近づけ、甲に唇を押し当てた。

その瞬間、沙羅の全身の穴という穴が一気に開いたように感じた。


(ちょっとおかしいんだよね)

その夜、万葉にラインをした。するとすぐに返信が来た。

(体調、悪いの)

万葉がお母さんと同じことを言うのに苦笑する。

(体じゃなくて)

（心の問題？）

その通りだけど、どうしてそうなるのかがわからない。でも万葉にどう説明していいかもわからなかった。

今日、佑月は『ハーモニー』の中でミァハがトァンにしたのと同じ行為をしてきた。沙羅は本で読んだ時、これによってトァンはミァハに魅せられ、心を捉えられたのだと思った。だから佑月のキスに余計に驚き、自分自身の反応に戸惑った。でも万葉に言うのはさすがに憚られる。自分の今の心境を伝えるだけにした。

（学校の友達が『ハーモニー』貸してくれたの）

（伊藤計劃、若くして亡くなったんだよね）

（そうなの？　知らなかった）

小説の作家が存命かそうじゃないかを、沙羅はこれまであまり気にしていなかった。

（自分の命が長くないのをわかっていて、書いたって聞いたことがある）

沙羅はそれ以上言葉を綴れず、二人のラインは途切れた。

スマートフォンを持つ手の甲を見る。ハグされたときよりも生々しく、柔らかな唇の感触がよみがえった。

——わたしね、沙羅と同じ本で感動したり、好きな気持ちを共有したいんだ。

佑月がどんな思いでこの本を読んでいたのかを再び考えた。

二日後、沙羅はお母さんの買い物に付き合って銀座のデパートに出かけた。最近、沙羅が朝起きられないのをお母さんは心配している。これ以上心配されないように、付いていくことにしたのだ。

するとお母さんは銀座に行く前に原宿へ立ち寄り、沙羅にドール風の洋服を買ってくれた。「学校に行きなさい」という無言の圧力に、沙羅は苦笑いをするしかなかった。

銀座に移動し、お母さんが友だちの快気祝いの品を選ぶ間、沙羅はデパートの向かいにある老舗書店に足を延ばした。子どもの頃、家族でよく来た懐かしい場所だ。

書店は街の雰囲気をそのまま映し出す。

新宿は新宿の、渋谷は渋谷の書店らしさが書棚や客層にあらわれる。銀座の書店は縦長のビルの中にあって、大型書店のそれに比べればワンフロアの面積はそれほど広くない。この書店でお喋りする人は滅多にいない。どこも静かで、特に平日の昼間は、仕事の合間らしいスーツ姿の会社員や、お母さんのような年代の女性が多く、たまにテレビで見る年配の俳優がひっそりと本を選んでいたりする。

一階の雑誌や雑貨コーナーを一回りすると、階段を上って二階にある文芸中心のフロアへ。ここは再会して間もない頃、万葉と来たことがあった。その時の万葉の声が脳内によみがえる。

「書店には、まず平台がある」

新刊、売れ筋の本が平積みされている空間。大体店の一番目立つ場所にある。

「書棚はいくつかに分かれている」

単行本の棚、文庫本の棚、新書の棚があって、その中でも著者別、出版社別、ジャンル別になっている。

「単行本は著者別、文庫本や新書は出版社別に並んでいるところが多いね。例外もあるけど」

児童書や俳句や短歌、実用本、雑誌と、書店ごとに並べ方の違いがあって、その書店の特性を知ると、より本が探しやすくなると言う。

「書店はどこでも同じじゃない。ちゃんと個性がある。書店員によるＰＯＰも重要な情報だ。自分が読むべき、出合うべき本は待っていても出合えない」

「目が合う本、を探すんだね」

以前、万葉が言っていた言葉を思い出す。万葉は頷いて続けた。

「本は生ものなんだ。いつまでもあると思っちゃいけない。読みたい、と思ったらぼくはできるだけ買う。次に行った時にあるとは限らないから」

万葉のレクチャーを受けてから書店を訪ねると、何もわからずに見ていた頃より、それぞれの書店に愛着が持てるようになった。

ふと見ると、きちんとしたグレーの半袖ワンピースを着た子が文庫本のコーナーにいる。

咄嗟に沙羅は棚に自分の体を隠した。

少し距離を置いて、そっと棚の陰から顔を出して確認する。やっぱり佑月だった。いつもの制服風ではないと、まったく違う人みたいだ。

そういう沙羅も今日は薄いブルーのブラウスにベージュのスカートだから、きっと気付かれないだろう。

佑月は何度か文庫本を手に取っては開いて、戻し、結局買わずに階段を下りていった。

沙羅は佑月の見ていた棚の前に立った。本がほんの少しだけはみ出している。福永武彦《ふくながたけひこ》の『草の花』という本だった。


電話をかけると数度のコールの後に万葉が出た。

「どうしたの？　急に」

「ラインばっかりでつまらないから」

「あ、まあね。つい便利だから」

最初から電話すればよかった。ゆるくつながれるラインは便利だけど、会話をどこで切っていいのかわからなくて、消化不良を起こしそうだった。

久々に聞く万葉の声、素っ気なく感じる時もある低い声が、今日は妙に心地いい。

「万葉くんは『草の花』読んだ？」

「福永武彦の小説だよね。読んだけど、細かいところは忘れてるかも……たしか主人公の男は、ある男に思いを寄せる。でもその男が亡くなってから、今度は男の妹を好きになるんだ」

「お兄さんと妹を好きになっちゃうの？　ありえなくない？」

「『好き』と言っても種類が……読めばわかるよ。文章が美しくて、読むだけで酔いそうだったことは覚えている」

「『好き』の種類っていくつあるんだろうね」

「さあ」

佑月から「万葉が好きなのか」と訊かれた時、驚くほど自分の中に反発する気持ちがあった。佑月の意味する「好き」に自分の気持ちを収めたくなかった。

「こないだ青春はなぜ青いのかって訊いてたけどさ、一口に青っていうけど、いろんな青がある。それと同じだよ」

「……言葉って狭いね」

「狭い？」

「青って単語ひとつだと、それぞれの人がそれぞれの青を思い浮かべちゃうじゃん」

「まあ、だから、空色とか群青とかロイヤルブルーとか、いろんな表現があるんだよ」

「だったら『好き』だってもっと細かい言葉があればいいのに」

万葉の苦笑する様子がわかる。沙羅は久々に万葉とちゃんと話している気がした。

「沙羅は読んだの？　『草の花』」

「まだだけど、持ってるよ」

佑月が買わなかったものを、沙羅は買った。

「じゃあ沙羅が読み終わったら、その時に続きを話そう。今、ちょうど、福永武彦の『廃市』を読んでいたんだ」

「はいし？」

持って行ったのか、向こうで買ったのかは知らないけど、万葉が旅先で読む本には、たぶん選んだ理由があるのだろう。

「廃墟の『廃』に都市の『市』で『廃市』。その舞台になった柳川《やながわ》に行ったんだ」

「へぇ」

「町に水路があって、川下りできるので有名なんだよ」

「そういえば叔父さん、見つかったの」

叔父さんが九州にいる、と聞いていたけど、その後どうなったのかは知らなかった。

「うん、久留米に遠い親戚がいてさ、そこにいた。僕もそこでしばらくお世話になっていたんだけど、その後は二人で九州を巡っている。今は宮崎の高千穂にいるんだ」

「高千穂、聞いたことがある。天孫降臨だっけ？」

「そう、それほど広くないけど神社の数が多い。高さが一〇〇メートル以上あるあまてらす鉄道の鉄橋に叔父さん大興奮。空気もきれいで朝の散歩が気持ちいいんだ」

万葉の口調が興奮しているのがわかる。そのうち二人して、九州に移住でもするつもりなのだろうか。お店は？　大学は？　叔父さんと万葉が自分と違う次元にいるような気がする。

「そういえば、沙羅の体というか、心の具合は？」

「え、あぁ……」

「どうしたの？」

ラインでは相手の気配は読み取れないが、電話だと、気配から伝わってしまうのか。

「無理に話さなくていいよ。そういう時は」

「……うん」

電話を切った後、沙羅は電話の前より少しだけ落ち着いた。

結局佑月とのことは話せなかったが、万葉はなんとなく感じ取ってくれた。ついラインに頼ってしまい、自分の気持ちが伝わらないことにイライラしていたが、沙羅もまた、叔父さんを探していた万葉の気持ちを慮《おもんぱか》っていなかったのだと気が付いた。

ベッドに横になって、ひとり呟く。

「明日、学校行けるかな……」

翌日、沙羅は起きられずにベッドの中にいた。せっかく買ってもらった新しいドール服は壁のフックにぐったりとぶら下がっている。

「沙羅、時間ないわよー」

今日は、何日だっけ……お腹がシクシクと痛い。沙羅は瞼をぎゅっと閉じた。


扉を開けると、そこは暗い空間だった。手探りで少し進むとまた扉があった。ノブに手をかけてそっと回して扉を押す。向こうは暗い。誰も居ないのにがっかりしながら中に入り、目を凝らしながら手を動かして周囲を確認する。暗いとどちらが前か、後ろかわからなくなる。自分が一体どこから来たのか、戻るにも方向がつかめず立ちすくんでしまった。

ふと夢だとわかった。いくつも扉を開けたつもりだったけど、もしかしたら扉は一つしかなかったのかもしれない。一つの扉を行ったり来たり……扉の向こうはいつだって暗くて何も見えない——。

それから沙羅は二週連続でスクーリングを休んだ。

お父さんは会社へ行っているから顔を合わせなくても済むが、お母さんはそうはいかない。一週目に休んだ時は体調を心配してくれたけど、二週目に休みたいと言った時は、言葉を失っていた。

また前に戻ってしまうの、そう顔に書いてある。沙羅は不登校になることで、両親を失望させるのが怖かった。でもどうしてそうなってしまうのか、自分でもよくわからないのだ。

佑月からの連絡も途切れている。あの日、手の甲にキスをしたあと、佑月は走って去っていってしまった。

次、どんな顔をして会えばいいのだろう。それを考えると、心がぎゅっと絞られるようだった。中学時代、沙羅は友達とうまくいかなくなって、学校に行けなくなった。自分に原因があって嫌われてしまったのだと自分を責めた。

佑月は自分を嫌っているわけじゃない。むしろ好いてくれている。でも……その好意に困惑している。佑月のことは嫌いじゃない。好きだ。でも好きの種類が違う。ハグするのはいいけど、キスしたいとかそういうんじゃない。

そう言ったら、佑月をがっかりさせてしまうのだろうか。気持ちを共有できないことを嘆かれてしまうのだろうか。

登校しなかった翌日、沙羅はお母さんが近所に買い物に行ったのを確認して家を抜け出した。下北沢駅で電車を降りて、小走りで万葉の叔父さんの古書店へ向かった。

店は閉じたままだ。雨風が吹き付けたせいか、貼り紙ははがれかけている。紙の上から手のひらで撫《な》でつける。

そのとき、カバンから着信音が流れた。あわててスマートフォンの画面を見ると「お母さん」とある。怒られるのを覚悟して、応答ボタンを押した。

「……もしもし」

「沙羅、今どこにいるの？」

「……下北沢」

すると「ちょうどいいわ」と声が軽くなった。

「え？」

「すぐ千歳船橋《ちとせふなばし》に行ってちょうだい。おばあちゃんの家、わかるわよね」


小田急線に乗って、駅から転がるように八分ほど走ると、そこだけ時間が止まったような木造の家がある。子どもの頃、お母さんに連れられてよく来たおばあちゃんの家。こめかみから流れる汗をハンカチでぬぐい、息をととのえた。

インターフォンを押さずに木の引き戸をスライドすると、ガラガラと懐かしい音を立てて開いた。

「……ねぇおばあちゃーん。沙羅だよー入るよー」

中に入ると再びガラガラと音を立てて戸を閉じる。念のため鍵をかけて玄関をあがる。短い廊下は一歩歩くごとに豪快に軋《きし》む。築何十年だろうか……こんなに音がするなら番犬も防犯カメラもいらないだろう。

リビング代わりの部屋のふすまを「コンコン」と言ってから開けた。

「あら沙羅、いらっしゃい」

おばあちゃんは、和室に置いたソファに深く腰掛けていた。おばあちゃんはいつもここに座っている。

「大丈夫なの？」

沙羅はおばあちゃんの隣に腰を下ろす。黒い革のソファは年代物で、亡くなったおじいちゃんもずっと愛用していた。おばあちゃんはゆったりとした矢絣《やがすり》柄のワンピース姿だ。扇風機の風が沙羅の前髪を揺らした。

「あの子は大げさなのよ、ちょっと具合が悪くなっただけなのに」

おばあちゃんが「あの子」呼ばわりすると、急にお母さんが幼い子みたいに思えて笑えた。

「でもさ、倒れたんじゃないの？」

おばあちゃんは手のひらをヒラヒラとさせて、首を振る。

「ひとりで倒れたらそのまま死んじゃうわよ。ちょっと気持ち悪くなったから、救急車呼ぼうかと思ったけど、タクシーにしたのよ」

病院では「脱水症状」と言われ、点滴を打って一休みしてから電車で帰ってきたという。

「ねぇ、おばあちゃんていくつなの？」

「忘れた」

「もうっ、冗談じゃなくて」

「年齢なんてただの数字よ」

おばあちゃんは飄々《ひょうひょう》と答えた。

生まれた時からおばあちゃんと呼んでいるから、年齢なんて考えたことはなかった。聞いたところで沙羅に何がわかるわけでもないけど、かたくなに言わないところがおばあちゃんらしいとも思う。いつも好奇心旺盛で、年中友達と旅行に出かけたり、水泳を習ったりとアクティブなのだ。おじいちゃんが死んでから一人で暮らすおばあちゃんをお母さんは心配していたけど、この方が快適だと言って、同居や家の建て替えには頷かなかった。

「帰ってくる途中にあなたのお母さんから電話があって、病院に行ってきたと言ったら大げさに騒いじゃって。でも沙羅が来てくれたらいいわね。最近、学校はどうなの?」

「………」

「いいのよ。学校なんて行かなくたって。勉強は学校じゃなくてもできるから」

中学時代、学校に行けなくなった沙羅を見て嘆くお母さんを、おばあちゃんは叱った。

「泣きたいのは沙羅なのに、母親のあなたが泣いてどうするの?」

するとお母さんは泣き止んだ。「学校に行かなくてもいい」と言われて沙羅は少しだけ自分が認めてもらえた気がした。

本当は行きたい、でも行けない。その気持ちをおばあちゃんはきっとわかっていたのだ。それなのにずいぶん長く会いに来ていなかった。その間もおばあちゃんは心配してくれていたのだろうと思うと、今更ながら申し訳ない気持ちになった。

「わたしの学校に、病気で中学校に行けなかった子がいるんだけど、その子は病院で本を読んで勉強してたんだって」

するとおばあちゃんの濁った眼が少し輝いたように見えた。

「沙羅は本を読むの？」

「前よりはね。おばあちゃんは好きなんでしょ」

「目が悪くなって、だんだん読めなくなってきたけど」

そう言いながら「よっこらしょ」とソファから立ち上がろうとしたので、肩を貸した。

「ありがとう」

おばあちゃんが隣の部屋に続くふすまを開けると、奥の壁には本棚があった。沙羅の背丈くらいの高さで、両手を軽く広げたくらいの幅がある。

「……見ていい？」

おばあちゃんが頷いたので、そばに寄って、上の段から本を確認する。沙羅が子どものころから、この本棚はあった。几帳面な性格のおばあちゃんらしく本は隙間なくきっちり並んでいたはずが、今は少々雑然として、ところどころ隙間がある。

「人の本棚って面白いね。頭の中身を覗いてるみたい」

おばあちゃんが声をあげて笑う。

「そう言われると恥ずかしくなるわね……沙羅は最近何を読んだの？　新しい本がどんどん

でるから、何を読んでいいのかわからなくなるわ」

本棚に収まった本の背表紙にそっと触れながらおばあちゃんがさみしそうにつぶやいた。

「本はね、年間に七万冊位出るんだって。全部読もうと思ったって追いつくわけがないって」

いつか万葉から聞いたことだ。

「人生で出会える人、出合える本は限られているんだよ」

「わたしはね、ついついこれまでを振り返ってばかりで、なかなか新しい出会いがないのよ」

沙羅はソファに置きっぱなしのカバンから持ち歩いていた本を取り出し、おばあちゃんのもとへ戻った。

「これ、今読んでるの」

おばあちゃんは表紙に顔を近づける。

「福永武彦の『草の花』はわかるわ。こっちは『ハーモニー』……」

「SF」

「……沙羅のおすすめなら読もうかしらね。しばらく出合ってなかったから。沙羅がどう感じたのか知りたいわ。悪いけど、帰りに駅前の書店で頼んでくれないかしら」

「ネットで頼んであげようか。すぐ来るよ」

「本屋で受け取りたいのよ」

「わかった。じゃ、頼んどく」

「お礼に、本棚から好きな本、持って行っていいわ。ほしければあげる」

「……いいの？」

おばあちゃんは昔から本を大事にしていた。

「いいわよ。わたしはお茶でも淹《い》れてくるから、ゆっくり探しといて……」


その翌週、沙羅は三週間ぶりに登校した。

カバンには『ハーモニー』も入っている。一限二限と体育の授業でヨガに集中すると、体を伸ばしすぎて、頭がぼんやりとしてしまった。

三限目の古文の授業で教室に入ると、窓側一番後ろの席に佑月がいた。佑月も沙羅の姿を見つけると、小さく手を挙げた。

学校で佑月と会った場面を何度もシミュレーションしてきた沙羅は、なるべく表情を和らげて一番後ろの席まで行くと、佑月の隣に座った。

「おはよう」

「おはよう」

喧嘩したわけでもないのに、妙に自分がぎこちない。佑月もそうなのだろうか。チャイムが鳴るのと同時に先生が教室に入ってきたので、全員が立ち上がった。その時に小声で、

「あとで、話したいことがある」

そう言うと、佑月は前を向いたまま頷いた。

四限目は沙羅も佑月も授業がなかったので、それぞれに自動販売機で飲み物を買い、ラウンジの長椅子に落ち着いた。改まったように佑月が言った。

「この高校って大学みたいだよね。自分で科目選んで、受ける授業とそうでない授業があって」

「その分、自主性が問われるから、さぼっていると単位を落とす。わたし二週も休んじゃってまずい」

「体調、悪かったの？」

「そう、油断した」

沙羅が舌を出すと、佑月が小さく笑った。パックのジュースをずるずると飲む音だけがしばらく響く。さきに切り出したのは、沙羅だった。

「こないだ、銀座の本屋さんで佑月のこと見たよ。いつもと雰囲気違ったから、一瞬わかんなかった」

「……その日、家族でクラシック聴きに行った」

「『草の花』今、読んでる。佑月は読んだ？」

佑月は首を振り、唇をかむようなそぶりをして、やがて口を開いた。

「何かで調べていたら、主人公が兄と妹を好きになるってあったから、どんな話なのかと思って……こないだは……ごめんね」

「……え」

「嫌になったでしょ、わたしのこと。変だと思ったよね。わたしもそう思うもん」

佑月が明るく、高い声を出そうとすればするほど、沙羅にはその声が悲鳴のように聞こえた。

沙羅はカバンに手を入れて、本がそこにあるのを確認する。息を軽く吸うと佑月の方に顔を向けた。

「返さなきゃと思ってたんだ。ありがとう」

カバンから取り出した『ハーモニー』を佑月に手渡す。

「それから、これはお礼に」

もう一冊、カバンから取り出して、佑月の膝元に差し出した。表紙に二人の女性が描かれていて、ベールをつけた修道女は祈るように目を閉じ、もう一人の女性は胸に手をあてている。芹沢光治良《せりざわこうじろう》『縁の校庭』だった。

「『縁の校庭』……」

「おばあちゃんが昔読んでいた古い本をもらったんだけど、少し前に復刊されてたのを見つけたから。本ってさ、いつまでもあるものじゃないんだね。古くなったり、売れなくなると絶版になっちゃう。絶版になった本は古本屋で探すか、図書館にあれば読めるけど、なければもう手に入らない」

「ありがと……」

佑月は少し拍子抜けしたような様子で、沙羅から渡された『ハーモニー』を膝に置き、『緑の校庭』を持ち上げて、表紙を開いた。

「これ、おばあちゃんが若い時に読んだ本で、戦時中と戦後の話なの。みんな純粋で、こんな人本当にいたのかと思うくらい健気《けなげ》で、情勢は暗いのに、なんていうか、心洗われる感じがした」

「へえ」

「『ハーモニー』も読んで思ったけどさ、人って優しいよね」

佑月は沙羅の心を探るような目をしている。

「ミァハもトァンも調和《ハーモニー》を否定して、死のうとした。それってすっごくうしろ向きの抵抗で、たかが三人で国家に対抗するなんて勝てっこないじゃん。でも、その時はそれしか方法がなかったんだ。無力だから……戦うことで誰かを傷つけるんじゃなく、自分を傷つける方を選んだ、って気がする」

「だから、優しい……?」

「うん。自分には優しくないけど。でもその方が実は楽なんだよ。自分のことは我慢できるからね。もし、家族とか友達とかの調和を自分が壊しちゃったら、わたしもたぶん自分が悪いって思っちゃう」

「せっかく……せっかく沙羅と友達になれたのに、自分で調和を壊しちゃったと思って、後悔していた。ミァハの真似して……わたし、沙羅が好きだから。好きだって思ったから、つい言っちゃった」

佑月の目は少し潤んでいた。

「……わたしも自分の病気がわかった時、なんでわたしが？　何にも悪いことしていないのにって神様を恨んだ。親に当たったりもした。親のせいじゃないのはわかっているけど……。でもお母さんが『代わってあげたい』って泣いててさ。お母さんも、お父さんもすごく辛そうにしていて……もう誰にも苦しんでほしくない。辛いのも苦しいのも自分だけでいい……だったらいっそ死んだほうがいいのかなと思ったりもした」

震える肩を沙羅は軽くたたいた。

「佑月が、生きててくれてよかった」

「死んだら、本当にミァハになっちゃうね」

「たしかに。なっちゃダメ」

佑月が少し笑ったので、沙羅はホッとして言葉をつづけた。

「わたし、佑月のこと好きだよ。でも佑月の『好き』とたぶん違う。言葉だと『好き』だとしか言いようがないけどね……あそこに、テニスコートが見えるでしょ」

ラウンジから離れた窓の向こうに、小さくテニスコートが見えた。

「あのテニスコートを見てると、わたしは中学の時に球拾いしかできなかったことを思い出す。別の人は、テニスの小説を思い出す」

「それ、万葉くんのこと?」

「そう……同じ風景を見て、思い起こすことが全然違う、当たり前だけどね。同じ言葉でも人によって意味とか重さとか、やっぱり違うんだよね」

「うん」

「思うんだけど、佑月のお母さんがさ、病気を代わってあげたいって言ったのは、本心だったからこそ佑月には重かったんじゃない」

「かもしれない……」

佑月は自分の中に何かを飲み込むように頷くと、一旦受けとった『ハーモニー』を沙羅の前に差し出した。

「あげるよ」

「いい。実は新しいのがあるんだ」

そう言って、カバンから佑月の持っているそれと同じ本を取り出した。

「これ、おばあちゃんが買ったんだけど……形見になっちゃった」

「えっ」

沙羅が訪ねた二日後、おばあちゃんは家で倒れて亡くなった。見つけたのは書店の店主だった。沙羅が書店に頼んでおいた『ハーモニー』を、予定より早く入ったからと配達のついでに家まで届けてくれたのだ。窓から家の明りが漏れているのに、いつものように声をかけてもおばあちゃんが出てこないことを心配して、念のため、と中を確認してくれたおかげで発見された。

おばあちゃんは倒れて数時間たっていて、救急車で運ばれた時は息があったが、病院に着いてすぐ亡くなった。

「……ついこないだ会ったばかりのおばあちゃんがいないなんて実感がないけど。で、この本はもらうことにしたんだ」

佑月は再び目を潤ませていた。

「突然のことだったんだね」

「……でも、おばあちゃんは、自分が死ぬことを考えていたんだと思う」

「どうして?」

「おばあちゃんの本棚を見せてもらったんだけど、ずいぶん整理されてたの。本はところどころ付箋が貼ってあって……そういう大事なのだけ残して、あとは処分してたんじゃないかな。残された方が大変だからって。わたしに『好きなの持って行っていい』って言って……いくら本が好きでも、あっちの世界には持って行けないもん」

「沙羅のおばあちゃんと『ハーモニー』の話、したかったたな」

「ほんと、『草の花』も『綠の校庭』の話もし損ねちゃった……おばあちゃん、好きな本をくれるって言ってから、こう続けたんだ」


――わたしはお茶でも淹れてくるから、ゆっくり探しといて。読んだら感想聞かせて。沙羅がどんなふうに読んだのか、知りたいの。


「お通夜で、おばあちゃんの言葉を思い出して、泣けちゃった……いつだってわたしのことを、気持ちを大事にしてくれた……。お母さんとでもいろいろギャップがあるのに、おばあちゃんとは生きてきた時代や、育ち方がまるで違うっていうか……。そんなおばあちゃんが若いころに読んだのと同じ本を読んだら、どんな話ができたんだろう。わたしもおばあちゃんがどんなふうに読んだのか聞きたかった。そうしたら、もっとおばあちゃんのこと好きになって、もっと仲良くなれたかもしれない」

「……わたしも、沙羅のおばあちゃんと話してみたかった」

ぽつんと佑月が言うのを聞いて、沙羅は顔をあげた。

「やってみる？」

おばあちゃんが残した本はそのまま沙羅がもらうことになった。

（それ、順番に読むの？）

万葉は帰京の途中で、新幹線からラインを送ってくる。

（だって友達に言っちゃったんだもん。おばあちゃんの本棚の本を読もうって。絶版の本とか、貴重な本が多いはずだよ）

（それは叔父さんが興味を示すね）

（万葉くんもでしょう）

古書店でバイトする万葉にとっては垂涎《すいぜん》の的だろう。

ラインが途切れたと思ったら、電話がかかってきた。万葉からだ。

「ぼくは沙羅のおばあちゃんの本で商売しようなんて思っていない。どんな本を読んでいたか、し、知りたいだけなんだ」

「……それ言うために、わざわざ電話？」

「ラインはまどろっこしいし、伝わりにくいから。電話するか、会った方が早い」

数週間前の沙羅と同じく、万葉も書き言葉のやり取りに疲れたらしい。

「どっちにしても、おばあちゃんの本棚、万葉くんに見てほしいんだ。読むにしても、どれから読んでいいのかわからないし、教えてね」

電話の向こうで「未提出のレポートがたまっているし、試験勉強もしないと……」と万葉が独り言ちているのがわかったけど、希少本に会えるかもしれないという喜びが同時に伝わってきたので、沙羅は聞こえないふりをした。

いつか来た道

向かいから来る人の間をすり抜けながら階段をのぼり、天井の高い広々とした空間に出ると、何か解き放たれた気がした。

東京では知り合いに会ってしまうかもしれないが、ここなら心配ない。同じ日本だけど、万葉にとっては異国同然だった。

東京駅から博多駅まで約五時間。駅前からバスで福岡天神《てんじん》に降り立った。思った以上に賑わっていることに驚きながら、改札へと歩を進める。

今朝、万葉は目覚めてすぐ天井の隅に差し込んだ光になぜか目を奪われた。光に反射して小さな蜘蛛《くも》の巣が光っている。それから突き動かされるように家を出て、気づいたら新幹線のチケットを買って自由席の窓際に座っていた。

家の鍵を閉めた記憶が曖昧なのが心残りだが、一人暮らしを始めたばかりの部屋には大量の本くらいしかなく、盗みたいようなものはないだろう。よほどの本好きでなければ。

——テキスト、そのままだった。

デスクに放置した本の山がよぎった。

昨日、ドイツにいる父の幸太郎《こうたろう》から「正己《まさき》を探してくれ」と電話があった。叔父さんが突然いなくなって、ショートメッセージを送っても返信がないので、念のため万葉が父に知らせたのだった。

「叔父さん、どこにいるの？」

「福岡の、久留米だと思う」

父の声は万葉の予想以上に心配そうだった。

叔父さんは子どもの頃、親戚のいる久留米で夏休みを過ごしていた、と聞いたことがある。

万葉が叔父さんの不在を知ったのは一週間前。大学に進学したものの、初めての一人暮らしで部屋の整理をしたり足りないものを揃えようと奔走し、肝心の勉強はちっとも進まなかった。ようやく時間を見つけて古書店を訪ねたら、シャッターが下りていた。

「臨時休業」と書かれた貼り紙の片隅がはがれて、今にも飛ばされそうだった。

「お腹、減った……」

知り合いのいない解放感から思わず独り言つ。

ここに来る途中で見かけた赤い暖簾《のれん》。豚骨スープの香りがかすかに外まで漂ってきたが、賑やかすぎる店内に気後れして入ることができなかった。

こっちへ来たのは叔父さんの行方《ゆくえ》を突き止めるため――でも自分には父さんのような切迫感はない。ぐうぐうと腹が鳴る。

「交通費を出すから頼む」

と言われ、親公認で東京から離れる理由ができてホッとしていた。

叔父さんは大人なのだから、どこへ行ったって自由だ。これまでだって一人でふらりとどこかへ行っては、木彫りのヒグマやら飛ばない手裏剣《しゆりけん》などを「役に立たないけど」と渡され、いろんな土産話を聞かされた。今回だって同じような旅行だろう、と万葉は思っていた。

父さんがあんなに心配しているのはなぜなのか、そっちの方が気になる。

西鉄福岡天神駅は特急、急行、各駅とホームが分かれていて、改札の上の電光掲示板を見れば、どの列車が先に終点大牟田《おおむた》駅に到着するかがわかる。

万葉は改札にスマートフォンをかざして通り抜けると、内側にある売店に立ち寄り、おにぎり二つとペットボトルのお茶、地元紙を一部買って、そのまま一番線へと歩を進めた。

まだ列車は入っていないが、人々はすでに列をなしていた。ホームの真ん中辺りまで進むと、比較的短い列の後ろに立つ。くぅと情けない音を鳴らす腹を撫でる。ペットボトルのふたを開けて一口お茶を飲むと、アイスグリーンにボンレッドの帯を巻いたような車体が滑り込んできた。

車内に入ると、進行方向二人掛けの席の窓際に空席を見つけて、背負っていたリュックを足元に置いて腰を下ろした。遅れて隣に小学三、四年くらいの男の子が座った。周囲に保護者らしい人はいない。長袖のシャツにひざ丈のズボン、ほっそりとした足がのぞいた。

「どこまで乗るの？」

そう訊ねると、男の子はゆっくりと視線をこちらに向けた。まつ毛が長く、つぶらな瞳をしている。

一瞬、デジャブに襲われる。

——ここに、来たことがある。

飛ばされかけた臨時休業の紙を上から押さえつけて、シャッターに貼り付けたあの日、万葉は悩みを胸に抱えていた。まだ言語化できないうつうつとしたこの思いに、叔父さんならどう答えるだろうか。だが、肝心の叔父さんはおらず、答えはまだ出ないままだ。

叔父の正己が経営する古本屋は若者が集まる下北沢にある。元は幸太郎と正己の父、つまり万葉の祖父が建てた一戸建てで、父が結婚を機に出ていくまで暮らし、母が亡くなってからは父と万葉が二人で暮らした。

万葉が生まれたのは、同じ沿線にある建売の二階建て。

「長屋の現代版みたいよね」と母の富美《ふみ》が気に入っていた。その時、近藤家の隣にいたのが一橋家。沙羅の家だった。

卒園のタイミングで万葉の両親は別居し、万葉は母のもとへ引き取られた。離婚した両親は、一緒にいた頃より穏やかになり、万葉は度々母とともに父に会いに行った。

小学校高学年になったある日「お父さんと暮らすように」と突然母から言われた。理由を聞いても答えてくれず、万葉が渋ると「もう大きいんだから甘えるのはよしなさい」と叱られた。母に裏切られたような気分になった万葉は、父が暮らすこの家にやってきた。

もともと父の実家で「独りで暮らすには広すぎるから、万葉が来てくれて嬉しいよ」と父は万葉を迎え入れた。意地になった万葉は、母に会いに行かなくなった。

母は乳がんを患っていた。死を悟って自分を手放したのだと万葉が知った時、母は最期を迎えていた。

万葉が中学三年の秋、父の海外赴任が決まった。万葉が「日本に残る」と言うと、未成年を一人置いていけない、と父は反対した。その時に叔父さんが「なら俺と暮らすか」と手を挙げてくれたのだ。

万葉はその提案に乗った。叔父さんのことは好きだったし、それがドイツに行かずに済む唯一の方法だったこともある。

父たちは万葉の知らないところでいろいろと取り決めをしたらしく、実家は叔父さんのものとなり、自宅兼古書店に改装することになった。

父がドイツへ発ち、改装が済むまで当時の叔父さんの住まいだった古い団地の一室に身を寄せた。初めて団地で過ごす夜、二人で鍋を囲んだ。

土鍋には白濁したスープだけ。火を入れたスープをゆっくりと器に移し、飲むようにすすめられる。叔父さんの視線を感じながら一口すすった。

「どうだ、滋味深いだろう」

「地味な味？」

「その地味じゃない。鶏ガラから取ったスープなんだ。塩を少し入れるだけで味が変わる」

言われるがまま、小皿に盛られた塩を指先でつまんでスープに加えて、箸で軽くかき混ぜてから口に含む。一気に舌の上を塩味が転がっていく。

「味が引き締まるね、全然違う、おいしい」

「だろう」

叔父さんは満足そうに具材を入れ始めた。鶏肉。次はつみれ。野菜やきのこも加えて、火が通った順に万葉の器に移していく。万葉は無言で食べ続けた。自分の器に具を取り分けながら、叔父さんはのんびりした口調で言う。

「ドイツ、行かなかったのはあれか、兄貴の嫁さんのことか」

「……別に」

父はドイツへ行く前に、母よりもいくつか若い人と再婚した。

新しい母となる人と、ドイツで一緒に暮らすイメージが湧かなかった。

いつか父が日本へ戻ってきても、実家には戻らないだろう。だから叔父さんに譲ったのだ。

「シメはうどんだぞ。うまいんだ」

「うん」

叔父さんの料理の腕が確かだとわかり、この先の二人暮らしが少し楽しみになった。

「どこまで乗るの」

万葉の問いかけに、男の子の長いまつげが羽ばたくように、上下に揺れる。剝《む》きたてのゆで卵みたいな肌。精巧に作られたかのような小さな唇が動いた。

「だざいふ」

「じゃ……二日市で乗り換え？　窓の方、座る？」

事前に路線情報は調べていたので、するりと口から駅名が出る。

「……はい」

万葉が立ち上がると、男の子は隙間をすり抜けて、窓際へと移動する。「ありがとうございます」と小声で言い、窓にかぶりつくような姿勢になった。万葉は男の子が座っていた通路側の席に着く。

——ぼくもこのくらいの時、こんな風にしていた。

その時に隣にいたのは、誰だったのか。

列車はすでに天神の隣の薬院《やくいん》駅に到着している。狭い空の下、ビルが連なるような車窓の景色はほとんど変わりない。

おもむろに買ったばかりの新聞を開く。本以外の紙の束に触れるのは久しぶりだ。景色に夢中になっている男の子の邪魔にならないよう縦半分に折り畳み、一面から目を通す。

叔父さんと暮らしていたころは、毎朝届く新聞になんとなく目を通していた。一人暮らしになってから購読していない。新聞紙の手触り、紙がこすれる音が懐かしい。

地元紙は天気予報も九州を中心にしている。催し物の告知、広告も地元企業が多い。半面を読み終えると、ひっくり返して続きを読む。

「地方紙って面白いんだ。その土地ならではの記事があるから」

叔父さんの声が脳内で再生される。

ということは、幼かった自分を連れてきたのは叔父さんだったのか……新聞紙の間から隣の男の子の様子を確認する。

かつての自分が隣にいるようだ。男の子は万葉の視線には気付かず窓の外を見ていた。まもなく二日市駅、という車内アナウンスとともに、男の子は席を立った。万葉は再び窓側の席へ移動する。

ふと見ると窓の外の男の子が手を振っている。万葉は小さく振り返した。

新聞を一面全部読み終えて、再び窓に目を向けると、かすんだ空の下、低い家屋と田畑が広がっていた。

天神で乗り込んだ人は大半が降りて、違う顔ぶれに入れ替わったころ、ようやく久留米《くるめ》に到着し、万葉は電車を降りた。

昼を過ぎた時間帯は混み合うほどではないが、改札を出入りする人は途切れそうにない。万葉が改札を出ようとすると「おーい」と声がした。

改札の向こうに叔父さんがいた。

「よう来たな」

笑みを浮かべた叔父さんは、白シャツにベージュのゆったりとしたパンツをはいている。いつもの赤いエプロンをしていない叔父さんは、なんだか締まりがない。イチゴのないショートケーキみたいだ。

今朝、家を出る前にショートメッセージで（久留米に行こうと思うけど、そっちにいるの？）と送ったら、驚くほどのスピードで返信が来た。

（いる。いつ来る？）

（今日、いまから）と大体の到着時間だけ知らせると、再び（待ってます）と返信が届いた。

今まで、メッセージを送っても返信がなかったのが、急に連絡がついて、なんだか拍子抜けしそうなほどだ。

父さんは心配していたけど、なんてことはない。やっぱり叔父さんは久留米にいたのだ。

「万葉、ちょっと付き合ってくれ」

叔父さんは万葉の返事を待たずに、踵《きびす》を返した。

後を追う万葉が話しかける間もなく、駅から歩いてすぐの紳士服量販店へと入っていく。

叔父さんは両手を前に重ねて立っている若い男性店員のそばへ向かった。

「冠婚葬祭に着ていく服が欲しいんだけど」

「礼服ですね。こちらです」

店員は恭しく、叔父さんを奥の売り場へ案内する。万葉もついていった。

「叔父さん、結婚式にでも出るの？」

商品の値札を確認する叔父さんに万葉はようやく訊ねた。

「残念ながら、葬式だ」

「誰の？」

「……あとで話すよ」

お喋りの叔父さんの口が妙に重い。いつもと違う様子に万葉は黙る。スマホからドイツの父にラインを送る。

（叔父さんと久留米で会ったよ）

礼服のジャケットの袖とズボンの裾を直している間、駅前の久留米ラーメン店に二人で入った。

湯気の立つラーメンに眼鏡を曇らせながら万葉は一心に麵をすすり、レンゲでスープを口に運ぶ。

「うまいか」

「うん」

「子どもの頃、おれは久留米に来ていたんだ」

「子どもの頃っていくつくらい」

「中二まで、夏は毎年久留米。叔父さんがこっちにいるから」

「叔父さんの叔父さん？」

「おれの父さんの弟。近藤清《きよし》さん。亡くなって十年くらいたつかな……おれが来るのはそれ以来。今は叔母さんの朝子《あさこ》さんが一人。おれは叔父さん夫婦によくしてもらったんだ。宿題なんかほっぽらかして遊んでばっかりやったけど。家より気楽で……ここはおれの田舎」

万葉には「田舎」と呼べる場所がない。母の故郷は愛知県知多半島だが、母の身内はすでにおらず、墓参りに行って立ち寄る人も家もない。父からは久留米の話を聞いたことがなかった。

「父さんは行かなかったの?」

「兄貴は塾で忙しかったから、おれだけ。母親は久美子《くみこ》にかかりっきりだったし」

叔父さんには一つ下の妹がいた。久美子さんは生まれつき病弱で、祖母が付きっ切りで世話をしていたと聞いたことがある。

「おれは、よく言えば手がかからない、自立した子やったけん」

方言を交えたおどけた口調だが、万葉は笑っていいのかわからず、あいまいに頷く。食べ終わって水を一杯飲み干すと人心地が付いた。

「叔父さん、さっきの服、葬式って誰の」

「こっちに住んでいる知り合い。三日前に会う約束してたのに、急に」

「会えなかったの」

「約束の場所で待ってた……死んでるのも知らないで」

叔父さんは残ったスープに視線を落とす。

「裾上げ、そろそろできたか」

少し出た腹を重そうに椅子から立ち上がり、万葉の肩におもむろに手を置く。万葉は叔父さんを見上げるような体勢になる。

「おれも、いつ死ぬかわからん」

かすれがちの声は、昨日の電話口の父のそれと似ていた。

父は小学校時代から成績がよく、周囲に期待を寄せられ、妹は病気がちで両親を心配させた。間の叔父さんは宙ぶらりんで放っておかれたのも無理はない。

「せやけん、こんな自由人になったと」

久留米駅から美術館方面に向かう西鉄バスに乗り、二人掛けの椅子に体を押し込むようにして座る。車内の人はみな着席して、それでも空席がいくつかある。ラーメンのスープまで飲み干した万葉は、春の日差しに温められ、眠りに誘われた。眠る直前にちらっと隣を見ると、叔父さんも目を閉じている。

「ここで降りるよ」

いつの間にか目覚めた叔父さんに促されて、バスを降りた。

道路は整備されているが、低い建物がポツンポツンとあるだけだ。

「駅前と違って、この辺りは昔とあんまり変わらん」

バス停のある道路沿いを少し歩くと、曲がり角がある。万葉の頭の中で再び記憶が行き過ぎていく。

「あそこを曲がると、赤いポストが見えてくる。そこを左に曲がる」

「お、覚えているのか」

「この景色が写真みたいに浮かんできた」

「万葉は兄貴に似て、頭がいいんだ」

そう自慢げに言われて、万葉は気恥ずかしくなる。

片方の手をポケットに入れ、もう片方でスーツの入ったガーメントバッグを持った叔父さんと並んで歩く。キョロキョロとあたりを見渡すと、赤青白の縞が特徴的なポールが目に入った。記憶の中ではもっと大きかったが、近づいてみるとそれほどでもない。

「これ、なんていうんだっけ」

「サインポールだよ。もう動いていないけど」

古びて薄汚れたサインポールは、時を止めたシンボルのようだ。

ポールのすぐ真横、ガラス扉にかすれた金文字で「近藤理容室」と書かれている。暗い店内の椅子には白い布がかけられていた。

叔父さんはガラス扉の隣にあるアルミ製の扉を開いて、中へと入っていく。

小さな裸電球だけの湿気を帯びた通り土間を進むと洗濯機や物干し台などが置いてあり、その部分は狭くなっていて体を斜めにしなければ通れない。

「ここ、なんとなく覚えてるよ。洞窟《どうくつ》みたいで面白かった」

「おれもここが好き」

小さな笑い声が狭い空間の中で響いた。すると、

「来たね。万葉くん」

向こうから同じ響きで女性の声がする。

「叔母ちゃん、連れてきたよ」

「大きいなって……」

玄関の上がり口に朝子さんがいた。白髪を後ろにまとめた朝子さんの表情は喜びにあふれていた。

「お邪魔します」

「よう来たねぇ。入って入って」

朝子さんは白く小さい手をひらひらと上下させて、万葉を急かす。叔父さんにリュック越しに背を押されて、あわててスニーカーを脱いだ。

「座って座って」

中に入ると食器棚にかこまれた台所があり、畳敷きの六畳間が二間続き、奥の間に大きな座卓がある。その向こうは大型テレビ、手前の座椅子は朝子さんが座っていたのだろう。湯呑がぽつんとあった。

「お茶でいい？　あ、万葉くんには炭酸の飲み物でも買って来ればよかったぁ」

「あ、ぼくはお茶がいいです」

「叔母ちゃん、おれ淹れるから座ってて」

文藝春秋の新刊

10

2021

「月光」©大高郁子

叔父さんは台所にいこうとする朝子さんの両肩に手を置いて、座椅子の方へ促す。万葉は朝子さんの斜め向かいの座布団に自然と腰を落ち着けた。

「おばちゃんのこと、覚えてる?」

朝子さんは「おばちゃん」と自称した。

「え、あ……この辺の景色や通り土間のことは覚えています……」

「まあくんがこんな小さい万葉くん連れてきたの、いつやった?」

朝子さんは顔だけ後ろに向けて、台所の叔父さんに訊いた。「まあくん」とは叔父さんのことか。

「あれ、万葉がまだ小学校上がる前やろ……五、六歳?」

急須と湯呑を二つ載せたお盆を両手で運んできた叔父さんが、万葉の向かいに座り、朝子さんの右わきに陣取るポットを手にした。

「お茶、新しいのにする?　冷めたろ」

「そうね」

叔父さんは手慣れた様子で朝子さんの湯呑に残ったお茶を、ポット横の茶こぼしにこぼし、ポットのお湯を急須に注いだ。

「万葉くんは大学入ったんやね。おめでとう。あの万葉くんがもう大学生やもんね……」

朝子さんは目を細めている。万葉は熱すぎるお茶をふうふうと冷ましながら頷いていた。

「じゃ、おれ行くわ」

叔父さんが立ち上がった。

「お葬式、今から？」

「いや、これから通夜。明日が葬式。叔母ちゃん、今日は遅くなるから先に寝てて」

「気を付けてね」

「じゃあな」

叔父さんはガーメントバッグを手に和室を出ていった。二階へと続く階段を上る足音が聞こえた。

「万葉くん、夕飯何にする？」

朝子さんは笑顔で万葉を見た。


腹ごなしのために、と外出した万葉は行く当てもなく近所を散策し、時間を持て余し、同じ道を行ったり来たりした。

そうするうちに、かすかに昔の記憶が蘇ってくるようにも感じ、不思議な懐かしさに浸った。子どもの頃によく来ていた叔父さんなら、さらに郷愁を覚えるのだろう。十九年しか生きていない自分が懐かしいと思うくらいなのだから。

夕飯は朝子さんと二人きりだった。煮物や炊き込みご飯など全体的に茶色っぽいけど、どれも美味しく、叔父さんの料理と似た味がした。

食事中は「大学では何を勉強するの？」「好きな食べ物は何？」と朝子さんからの一方的な質問に答えるばかりで、なかなか自分から会話の糸口を提供できなかった。

古本屋のバイト中、叔父さんから「天気の話で十分持ったら一人前」と言われたことがある。

万葉は自分から客に話しかけることもできないし、逆に話しかけられても質問に答えるだけで、会話が終わってしまう。一方、叔父さんは常連客、一見《いちげん》の客どちらでも話しかけて、いつも楽しそうに笑っていた。自分の奥手をなんとか直したいと思うが、うまくいかない。

――沙羅には、何でも言えるんだけど。

考えたら、朝に返信して以来、沙羅からのラインを既読スルーしてしまっている。多分沙羅はムカついているか、心配しているだろう。

夕飯を終えて、せめて片づけを手伝おうとする万葉に朝子さんは「ええから、今日は座って」と何もさせない。勇気を出して台所のその背中に話しかけてみた。

「叔父さんは、どんな子どもだったんですか」

「そうねぇ。元気で明るくて、そうそう、本が好きやったね。古本屋さんになったのもわかる」

「昔は、他に何かなりたいものがあったのかな」

「どうやろう……まあくんは古本屋やるまで、職を転々としていたからね。まわり道が一番近いかもしれんよ」

柔らかな言葉のおかげで、万葉の緊張はずいぶんとほどけてきた。

「……うちのお父ちゃんが生きていた頃は、まあくんに『うちの子になれ』って言ってたんよ」

朝子さんの目は、ここにはいない叔父さんを見るように空を漂う。

「うちの父さんは、久留米に来なかったんですか？」

「幸太郎君は、法事なんかで東京行った時に会ったけど、こっちはないね。最後に会ったのは……久美ちゃんのお葬式やった」

久美子さんが亡くなったのは、小学校に上がる前だったという。

「可哀そうなことやったね。うちはね、子どもがおらんでしょ。おったらよかったけど……でも親より先に死なれるのは辛《つら》か。あ、ごめんねぇ。万葉くんはお母さんを亡くしてるのに。どっちが先でも悲しいわ」

心からそう言っているのが伝わってくる。

「叔父さんは、ここが田舎だって言ってました」

「万葉くんも、そう思ってくれてよかよ。あ、いちご食べる？」

そう言いながら冷蔵庫の扉に手をかけている朝子さんに「いただきます」と慌てて答える

と、振り向いた朝子さんが、急に万葉の顔を見つめた。

「まあくんが、万葉くんくらいの頃に急にこっちへ来たのを思い出したわ」


体は疲れているのに、なかなか寝付けず、万葉は何度も寝返りを打った。

用意してもらった部屋は二階の和室。今は物置代わりの六畳間だが寝るだけなら十分だ。

いつもの枕よりも硬いそば殻に頬を押し当てると、海のそばにいるようだ。外はしんとしているのに、どこからかパタパタ、キイキイ、と正体のわからない物音がする。つい耳を澄ましてしまって、いつまでも眠れない。

そのうち別の音が聞こえた。人の足音だ。忍び足で玄関まできて、上り口に腰を下ろして靴を脱いであがる気配がする。狭く短い廊下が軋む音がして、洗面所に入った。

叔父さんが帰ってきたことを耳で確認したら、突然睡魔に襲われた。

翌朝、万葉はスマートフォンの目覚ましを設定した時間よりも早く目覚めた。着替えを済ませて階下の洗面所に立ち寄り、台所に顔を出す。すでに身支度を整えた朝子さんが鍋から上がる湯気の向こうにいた。

「おはようございます」

「あら、はやかね。もっと寝とっていいのに」

「何か手伝うこと、ありますか?」

「外に新聞が来てるから、持ってきてくれる?」

「はい」

男性用らしい茶色いサンダルを履き、通り土間を辿って外へ続くアルミドアを開いた。郵便受けに突っ込まれた新聞を引っ張り出して、来た道を戻る。

「持ってきました」

「ありがとう、お茶淹れるけん、座って」

朝子さんは大根を刻む手を止めない。手伝いたかったが、なんとなく入りがたい雰囲気を感じて、言われるまま昨日座った位置に腰を下ろした。

「まあくんは昨日遅くに帰ってきたけん、もうちょっと寝かしてやろうね」

再び朝子さんと二人きりの食事となった。

焼いた鯵《あじ》、納豆、大根のみそ汁、炊き立てのご飯、きゅうりの糠漬《ぬかづ》け。やっぱり叔父さんの作る朝ご飯に似ていた。

「東京では、まあくんと一緒に暮らしてたって?」

「この春、一人暮らしを始めました。それまでは叔父さんと」

「ねぇ、まあくんは、結婚せんと?」

「……さあ、わかりません」

いきなりの質問に万葉は動揺した。叔父さんとそんな話はしたこともないし、付き合っている女性がいる気配もない。そういう話はタブーだと訊くこともなかったが、朝子さんはお構いなしだ。

「お父ちゃんはまあくんが結婚して、子ども連れてくるのを心待ちにしてたんよ」

「はぁ……」

「ここだけの話。まあくんに言わんといてね。お代わりする？」

「あ、はい」

朝子さんは、空になった万葉のみそ汁の椀を手にして、台所へ戻った。

「おはよー」

だらりと首元の伸びたTシャツに濃紺のジャージ姿の叔父さんが部屋に入ってきた。口元にはひげがうっすらと生えている。

「おはよう。まあくん」

「あーいい香りたい」

大げさに鼻の穴を膨らませる叔父さんに、朝子さんは笑った。

「すぐ用意するけん」

叔父さんが食べ終わるのを待って「洗い物だけでもさせてほしい」と強引に三人分の食器を洗った。さすがに何もしないのは落ち着かない。

「今日はどうするんだ」

叔父さんはお茶をすすりながら万葉に訊ねる。

「せっかく来たし、ちょっと出かけてくる。叔父さんはお葬式に参列するんだよね」

「案内もしてやれなくて悪いな」

「大丈夫だよ。叔父さん、今日も遅くなるの？」

「いや、そんなに遅くならない。葬式は昼前からだし」

「じゃ、今日はなんか美味しいもの作ろうかねぇ」

朝子さんが腕まくりをするそぶりをしている。

「そんな無理せんで。叔母ちゃんの料理は何でも美味しか。万葉もそう思うだろ」

「はい、すごく美味しいです」

「二人で褒め殺そうとしてぇ」

テンションの高い朝子さんに見送られて、喪服姿の叔父さんと、ジーンズに青いシャツの万葉は一緒に家を出た。昨日乗ったバスに揺られて、西鉄久留米駅に到着する。今日もすっきり晴れていて、ホームに時々吹き抜ける風が心地よい。

「万葉はどっち行くと」

「ぼくは終点の大牟田に行ってみる」

「大牟田は祖父《じい》さんがおったんや。炭鉱はいくつかあるけど、祖父さんがいたのは万田坑《まんだこう》らしい」

「叔父さんのお祖父さんてことは、ぼくのひいお祖父さん？」

「そうだ。祖父さんは炭鉱の仕事で稼いだんだ。それで、おれの死んだ父親は東京の大学へ進学して、そこで就職した。叔父さんはそのまま残り、叔母ちゃんと結婚して理容室を始めた。おれも万葉もルーツはこっちたい」

「父さんはこっちに来なかったの？」

父さんから福岡の話を聞いた記憶がない。

「兄貴はな、こっちが好かんから」

「そうなんだ」

福岡が好きじゃない父さんは、弟がこっちに来ていると確信し、心配していた。一体なぜだろう。

「おれも万葉の年の頃、初めてこっちへ一人で来た。現実逃避しに」

「現実逃避？」

その声は滑り込んできた天神行の特急にかき消された。

「気を付けて。また夜な」

「うん」

扉付近の空席に座ると叔父さんは手を振った。

万葉が手を振り返す間に扉は閉まって、ホームを出ていった。

スマートフォンで「大牟田」と入れて検索すると「世界遺産」「炭鉱」と単語が並ぶ。大牟田行きの鈍行が来るというアナウンスが流れた。

大牟田駅は思いがけずこぢんまりとした駅だった。熊本県との県境にある、炭鉱の町。スマホで調べてみると、万田坑はすぐ出てきた。とりあえずそのあたりを目指してみようと、公共機関の足を捜したが、ちょうどいいのがない。仕方なくなけなしのお金でタクシーに乗った。

記憶にはないひいお祖父さんが大牟田にいたから、自分が存在している。そう思うと、すべての景色に不思議な感慨を覚える。

「お客さん、車はここまでしか入れないんで」

駅から十分ほど走らせた場所で、タクシーは停車した。周囲には何もない。少し離れた場所に古いレンガ造りの建物が寒々しくそびえていた。

曾祖父がいた頃もこんな感じだったのだろうか。中は観光客が見学できるようだ。

「お客さん、なんで大牟田に来たとですか?」

料金を支払う時にタクシー運転手に訊かれて、曾祖父が働いていたことを告げると、年配の運転手は急に「そうですかぁ」と嬉しそうに頷き「私の祖父も炭鉱におったとです」と言った。

「石炭は燃える石と呼ばれて、昔々から大事なエネルギーやったとです。日本の近代化には石炭産業は欠かせませんでしたから、ここらがなければ、今の日本だってあったかどうかわかりません」

タクシーが行ってしまうと、万葉は建物の正門を目指して歩いた。

入り口で見学料を払うと、受付の初老男性から「定時ガイドがはじまったばかり」と教えられて、万葉は慌ててガイドのもとへ向かった。

観光客は十人に満たない。一人で来たのは万葉だけのようだ。他の客は誰かと連れ立っている。話す相手もいないので、ガイドの説明に耳を傾けつつパンフレットに眼を落とす。

「世界文化遺産」「明治日本の産業革命遺産」

遺産と聞いて、もっと煌《きら》びやかなものや立派なものを想像していたが、実際に見学すると、地底から石炭を取り出す過酷な仕事だった。曾祖父は大変な仕事に従事していたのだと驚いた。

――それに比べて、甘い。

勉強に躓《つまず》いて、東京から逃げてきた自分のことを振り返る。

叔父さんも同じ年の頃「現実逃避」のためにこっちへ来たと言っていた。もしかすると今の自分と似たような気持ちだったのだろうか。

万田坑を後にすると、せっかくここまで来たのだからと奮発してタクシーを呼び、駅の反対側にある大牟田市石炭産業科学館を見学し、有明海に面した三井港倶楽部まで足を延ばした。三井港倶楽部は明治時代に建てられた洋館で、市の指定有形文化財になっているだけあって、クラシックで重厚な作りだ。

一休みして万田坑でもらった三井三池炭鉱のパンフレットに目を通す。一八七三年に官営炭鉱となり、いくつも周辺に開坑をし、戦中はもちろん、戦後も復興のために石炭は大きなエネルギーとなった。日本の近代化を先導した炭鉱だったとある。

時間を確認するとすでに昼前だった。万葉は再びタクシーを呼んで、大牟田駅に戻ると、ちょうどやってきた急行に乗った。向かうは柳川だ。

背負っているリュックから、福永武彦の『廃市』を取り出す。物語の舞台は柳川。水路のまち。物語の舞台をいつか訪ねたいと思っていた。

柳川駅に降りて、バス停を探すとすぐ駅前にあった。ここに着くまでにスマホで乗船場への行き方を調べておいた。停車中のバスにいた運転手に声をかける。

「すみません、どんこ舟に乗りたいのですが、乗り場へ行くバスはどれですか？」

「これに乗れば大丈夫。東京から来たとですか？」

「はい」

運転手は笑顔で頷いている。

福岡の言葉は温かい。標準語と呼ばれる自分の言葉にはない人懐っこさがある。

きっちり五分待って、バスは出発した。車内は観光客らしい初老の男女と万葉だけ。のどかな風景の中、バスが行く。リュックの中から再び『廃市』を取り出して膝の上に置いた。『廃市』では東京の青年が柳川に来て、個性の違う姉妹と出会う。論文を書くためにやってきたという青年だが、いったい何を書こうとしているのか……。

――何をするために大学へ入り、そこから逃げてここへ来たのか。

大学の通信制の卒業率は低い。高校の担任が「厳しい」と進路の変更を勧めた理由もわかる。それなのに自分は一冊のテキストも持たず『廃市』だけを持ってきてしまった。

――でも、このまま大学をやめてしまえば、自分は何者にもなれない。

自問自答を繰り返すうちに、水路が目に飛び込んできた。

バスを降りて、歩いて数分の舟着き場にたどり着いた。そこで料金を払い、舟に乗り込む。エンジンのないどんこ舟は船頭が長い竿を操って、掘割と呼ばれる水路を進んでいく。

空は明るかった。白い雲は綿を薄く広げたように、空の青を隠している。どんこ舟はのんびりと進む。低い橋の下をくぐる時は乗客もともに頭を低くしてかがむ姿勢をとる。万葉の乗った舟には、十人以上の客がいた。みな初対面だが気安い雰囲気が漂っている。『廃市』という言葉からイメージする暗さは感じない。

どんこ舟の上からは周辺を見上げるような体勢になり、歩道を行く人は、歩くよりゆっくり進む舟の乗客に手を振ってくれたりする。入り組んだ狭い水路のあたりは家屋の裏側に面しているところもあり、ふと突っ掛けを履いた白髪の女性が白い椅子に座っているのが目に入る。

その様子をぼんやりと見ていると、女性と目が合った。

毎日のようにどんこ舟から見られるのはどんな気持ちなのだろう。この家の人にとってはそれも日常なのかもしれないが。

そう思ったあと、急にピンときた。

——あのひと、病気なんだ。それも重い。

年は違うが、病んで亡くなった母と似た痩せ方。思わず下を向いて視線を外した。その時、

「おひとりですか」

さっきバスで乗り合わせた老夫婦らしい二人の、男の方が声をかけてきた。

「はい」

「さっき、万田坑にもいらしたでしょう」

「あ」

見学者の中にいた二人だった。

「どちらから？」

妻らしい女性の言葉には関西のなまりを感じた。

「東京から来ました。久留米に親戚がいるんです」

訊かれたわけではないが、なんとなく付け加える。

「失礼ですけど、学生さん？」

「大学生、です」

「大学生」と自称しながら「何にもしていないくせに」ともう一人の自分が言う。居心地が悪くなったが舟の上で立つわけにもいかず、万葉はもぞもぞとする。

「僕らはね、兵庫から来たんや」

「この人の全快祝い。ちょっと前まで病気してはったのよ」

「え」

「一回死にかけたけど、この人に戻ってこいって言われて生き返った」

「未亡人になるのは、もう少し先にしてほしいわ」

やっぱり夫婦だ。長く一緒にいると顔が似てくると聞いたことがあるが、まるで兄妹のように似た顔立ち。

「いやね、若いのにひとりで川下りって渋いなぁと話してたんや」

夫が妻に顔を向けると、目元にしわを寄せて笑った。

「実はこれに影響されて」

リュックから『廃市』を取り出して見せた。

「文学青年やんか。柳川は北原白秋《きたはらはくしゅう》も有名やもんね。『この道』って北原白秋の歌、知っているでしょう」

「はい」

スマホで調べたとき、北原白秋の「この道」のイメージの元になったとされる場所があると書いてあった。白秋が柳川で歌ったのは、母との思い出の「道」だという。

「もうちょっと行ったら、『この道』見えてくるみたいよ」

しばらくすると、水路が大きくカーブした見晴らしの良い場所に出た。

「そこよ、北原白秋の『この道』」

そのとき、道に面した家の住人らしき人が玄関から顔をのぞかせた。さっき椅子に座っていた白髪の女性だった。白っぽい寝間着風のワンピースから細い足が伸びていた。何か探すようによれよれと歩く。危なっかしい足取り。

「本当にのんびりするわねぇ、川下りは、ねえ」

その声に、意識がどんこ舟に戻る。

妻が夫の耳元に顔を寄せて何か言うと「それはいいな」と夫は答え、万葉を見た。

「学生さん、一緒にお昼食べない？」

舟を降りてから二人に連れられて歩き出す。途中、男性の方が「遅くなりましたが、田中《たなか》です」とのっそり頭を下げる。

「妻の恵美子《えみこ》です」

万葉は自分よりずっと年上の二人が丁寧にあいさつするので恐縮した。

「ぼくは近藤万葉です」

「近藤万葉くん、どういう字書くの？」

「万葉集の、万葉です」

「親御さんがつけたの」

「母が、つけたそうです」

もういない母だが、そのことは言わずにおいた。

「万葉くん、ええ名前やね」

標準語なら平板に発音するが、恵美子は「まん」の音にアクセントを置いた。そういえば昔、こんな風に自分の名を呼ぶ友達がいた気がする。あいつは関西の出身だったのかもしれない。

田中夫妻が足を止め、万葉は目の前の建物を見上げる。

瓦屋根の三階建ての年季を感じる家屋。入り口には暖簾がかかっており、脇には「久《ひさ》もと」と店の名が書かれた木製の看板があった。

「ここはね、うなぎのせいろ蒸しが有名なんだ。今更やけどうなぎ、大丈夫？」

「はい、好きです」

万葉の答えに頷いて、田中は店に入る。

このまま付いて行っていいのだろうか、と少し迷いがあったが、田中夫妻は全く気にせず「うなぎ久しぶりや」「ほんまやね」などと楽しそうに話している。

迎え出た店員に名前を告げると、靴を脱いで玄関を上がり、低い木製の間仕切りで区切られた四人掛けのテーブルに案内された。

すでに料理は頼んでいるらしく、飲み物のオーダーだけを訊かれた。田中夫妻に倣ってウーロン茶を頼む。メニューは見てないが、老舗らしい店構えから万葉が気軽に頼めるような値段ではないのはわかる。

昼の時間帯は過ぎていたが、店内は満席だった。それでもひっきりなしに玄関の扉の開閉音がする。万葉の席からは姿こそ見えないが、どうやら飛び込みの客は帰ってもらっているらしい。

運ばれてきたウーロン茶を一口飲んだ恵美子が、話しかけてくる。

「今日はね、娘と一緒に来るつもりやったんやけど……ちょっと来られなくなって。お誘いしたのは、娘の席が空いていたからなのよ。だからというか、気にしないで召し上がって。頼んだうなぎがもったいないし」

「もうちょっと言い方があるやろう。万葉くん、気にせんと食べてな」

「あ、ありがとうございます」

誘われたのは偶然だが、うなぎにありつけるのはありがたい。

「うなぎ、食べたかったんです。すごくうれしいです」

万葉が言った途端、小さく腹が鳴った。二人は相好を崩した。

予約していたからか、時間を置かずにせいろが運ばれてきた。

「いただきます」

声をそろえて手を合わせる。表面にうなぎと錦糸卵しか見えないほど、せいろにぎっしりと詰まっている。早速箸をつけると、うなぎのタレの色のご飯ごと口に運んだ。甘いタレとうなぎの香ばしい風味が鼻腔に広がる。

「おいしいです」

「よかったわ」

咀嚼する間も惜しむように食べながら、何か懐かしい感覚がよみがえった。

「もしかしたらなんですけど……ここに来たことがあるような気がします」

「ほんま？　久留米に親戚が住んではるんだから、来てても おかしくないけど」

「食べて思い出しました」

このフワッとしたうなぎの身、甘いタレ、舌がこの味を覚えている。やっぱり叔父さんと来たのだろうか。

田中がトイレに立ち、恵美子と二人になる。すると小声で恵美子が言い出した。

「ほんまは娘と来る予定だったたって言ったでしょう。娘はね、こっちの大学を卒業したばかりで、関西に戻らないでこっちで就職するって言いだして『約束と違う』ってあの人と揉めたのよ……。娘は言い出したら聞かないし、今回は関係を修復しようと、娘の就職祝いをするつもりで来たのに、昨夜《ゆうべ》あの人と娘が喧嘩して……で、娘は『もう行かない』と言って、こういうことになったのよ」

「そうでしたか」

「一人娘やから、あの人の気持ちもわかるし、自分の思うように生きたい娘の気持ちもわかる。辛いわね」

　恵美子はさみしそうに窓の外に目をやった。

「ぼくが言うのは何ですけど、娘さんのように自分のやりたいことをちゃんと決められるってすごいと思います」

「……ありがとう。そうやね、あの子は自分の道を自分で見つけたんや。親は喜んで背を押してあげないとね」

　田中がいそいそと席に戻ってくると、涙ぐんでいた恵美子は表情を一変させ、笑みを浮かべていた。

「ほな、いこか。万葉くん、我々に付き合ってくれてありがとう」

「こちらこそ、ありがとうございます」

天神へ行くという田中夫妻と店の前で別れると、万葉は先ほど教えてもらった北原白秋の「この道」を目指した。

水路沿いに歩くと、案外すぐにたどり着いた。何の変哲もない道のように見える。

この道は　いつか来た道
ああ　そうだよ
お母さまと馬車で行ったよ

自然とあのメロディと詞が口からこぼれる。

腹ごなしに散歩しようと、水路にそってのんびりと歩いた。時折すれ違うどんこ舟を見下ろすと、舟にいた五、六歳くらいの男の子と目が合った。

男の子が万葉に笑顔で手を振ってきたので振り返す。すると彼を挟んで座っている両親もこちらに向かって頭をさげたので、思わずさげ返した。

さっきは夫婦、こっちは家族……『廃市』の主人公は独りきりだったが、こういう場所は誰かと来るのが普通なのだろう。

叔父さんもおそらく幼い自分を連れて柳川へ来ている。

でも今回はなぜ久留米へ来たんだろう。

知り合いの葬式に出るのが目的ではなかったはずだ。その前にここに来ようとしていたのだから。

ふと視線を先にやると、水路沿いの家の軒先にあの白髪の女性がいた。

向こうはこちらに気付いていない。知り合いでもないのに三度も会ってしまった。なんとなく気が引けて、すぐそばの白秋記念館に入った。

白秋の実家を改装したという記念館を三十分ほど見学して、近くのバス停のベンチに座る。

少し待つと、駅へ向かうバスがやってきた。乗り込むと、空席になっていた後ろの一列になっている席に落ちついた。子どもの頃、ここに好んで座ったことを思い出す。ここなら小さな体でも車内の大人の様子を見渡せる。後ろの窓も大きく、開放感がある。

ふいに後ろの窓から黒ずくめの男が見えた。

――叔父さん。

喪服姿の叔父さんだ。葬式は終わったはずだが、どうして柳川に……。

そのままバスは叔父さんから遠ざかっていく。万葉はぼんやりと立ち尽くしているように見える叔父さんにスマホを向けて、写真を撮った。

柳川駅について、スマホで叔父さんにショートメッセージを送ってみた。

(今、どこにいる?)

しばらく画面を見ていたが、返信は来ない。待っている時間がもったいない、とホームまで移動する。

やってきた特急に乗り、ドアのそばに立つ。出発と同時にスマホに着信が入る。

叔父さんからの返信が画面に浮かぶ。

（太宰府。九州国立博物館があるぞ）

万葉は信じられない思いで文字を読んだ。

自分は見間違えたのだろうか。いや、喪服姿でも叔父さんのシルエット――肩が広く、腹が少し出ているが、ピンと伸びた背筋を見間違うことはないはずだ。

スマホの写真は慌てていたせいでブレてしまい、黒い影にしか見えない。

万葉は太宰府まで行ってみることにした。

車内で『廃市』を読み返している間に、あっという間に西鉄二日市に到着した。ここで太宰府線に乗り換えて二駅行くと、太宰府だ。

再びスマホで叔父さんに送る。

（今、太宰府に着いたよ。叔父さんはどこ？）

するとほどなく返信が届いた。

（もう出たよ。久留米で会おう）

夕方、万葉は西鉄久留米駅からバスで朝子さんの家へと戻った。

「ただいま」

昨日来たばかりなのに、するっと言葉が出てしまう。

「あ、万葉くん、おかえり。まあくんは先に帰っとおよ」

朝子さんは明るい声で返してくれる。ここは居心地がいい。

洗面所に寄って、手洗いとうがいをしてから和室に入ると、朝と同じよれたシャツに着替えた叔父さんがいた。

「おかえり」

「あ、ただいま。早かったんだね」

「葬式で酒飲まされて疲れたけん、太宰府でお参りして帰ってきたったい。博物館行った?」

「うん。ガラス張りでカッコいい建物だね、常設展示見てきた」

「あの近くに、だざいふ遊園地っていうのがあるんや。子ども向けの乗り物ばっかりやけど」

「東京の花やしきみたいなの?」

「うーん、もっとのどかな感じ」

朝子さんがお茶を運んでくる。

「さあ、夕飯にしようかね。お腹の具合は?」

「精進《しょうじん》落としに寿司をちょっとつまんだ」

「叔父さん」

呼びかけると叔父さんは「なんね」と万葉に顔を向けた。

……今日柳川にいた？　こっちに、何しにきたの？

叔父さんが「なんねぇ」ともう一度言う。嘘をつく理由はない。きっと見間違えたのだ。

「叔父さん、こっちにきて……言葉が変わってる」

朝子さんが叔父さんの肩を軽く叩く。

「まあくんはこっちくると方言がでると」

「あんまり意識しとらんけどな。混じるんや言葉が」

夕飯が並ぶと、それぞれ箸をつけ始める。真ん中の大皿に鯛の刺身が盛りつけてある。

「なんかめでたいことがあったみたいや」

「まあくんと万葉くんが来るなんて、盆と正月がいっぺんに来たようなもんやけん」

朝子さんは嬉しそうだ。いきなり来たのに、こんなに歓迎されて、胸がジワリと温かくなる。朝子さんはその笑顔のままこちらに向きなおった。

「万葉くんは今日どこまで行ったと？」

「最初は大牟田。万田坑と石炭産業科学館を見て、その後三井港倶楽部へ」

「どうやった」

「地底数十メートルまで降りて採炭するのは命がけだなぁ、って」

「そうやって家族を食べさせて、近代日本の繁栄につながったんよ。でも石炭が取れなくなって閉山して、役割を終えたの。ほら、月が〜出た出た、月が出た〜って、知っとうやろ？

あれは三井の炭鉱の歌よ」

「盆踊りで聞いたことがあります」

「懐かしかね、盆踊り。うちのお父ちゃんが好きやった」

しみじみとつぶやく朝子さんは、亡くなった夫をいつまでも思い続けているのだ。

――父さんは、死んだ母さんのこと、どう思っているんだろう。

思い続けていたら、きっと再婚はしないのではないだろうか。

「今日参列したお葬式の方、まあくんと同じ歳やったんでしょう」

「うん、中学一緒で、こっちで就職したやつ。くも膜下出血やったて」

亡くなったという知り合いが、叔父さんと同い年と知って、万葉は衝撃を受けた。

――おれもいつ死ぬかわからん、あの時そう言ってたのは、そういうことか。

ふと万葉は気付く。ここにいる三人は、みな身内を亡くしていることに。

「そういえば、お昼はどうしたの」

重くなりそうな空気を攪拌《かくはん》するように朝子さんが明るく訊いた。

「うなぎのせいろ蒸しを」

「柳川で？」

「午後、移動して」

ちらりと叔父さんの様子を見た。みそ汁に口をつけている。

万田坑で一緒になった夫婦と偶然どんこ舟で再会して、本来なら来るはずだった娘さんの代わりにごちそうになったことを説明する。うなぎ店の名前を聞いた途端、朝子さんがあっという表情を見せた。

「……あん店は予約せんと入れんからね」

そう言って茶碗に一口残ったご飯を手早く食べると、手を合わせて「ごちそうさま」とつぶやき、そそくさと台所へと立った。

叔父さんは鯛の刺身を醤油につけて、ご飯のうえに載せて食べている。

「行ったことある？　有名なうなぎ屋さん」

「うん」

「ぼく、子どもの頃に行った気がするんだ。味に覚えがある。叔父さんが連れてってくれたんじゃないの？」

「……どうやったかな」

とぼけたような口調に、万葉は再度ダメ押しした。

「今日、叔父さんに似た人を柳川で見たんだけど……人違い？」

叔父さんは鯛の刺身を醤油につけて、今度はそのまま口へ運んだ。咀嚼して飲み込むとのっそりと立ち上がり「ちょっと」と万葉を誘う。

食べ終わらないうちに二人が和室を出ようとするので、朝子さんは「あれ、まだ食べとらんよ」とお盆を持ったまま追いかけてきそうな勢いだ。

「休憩。そのまま置いといてー」

そう返すと叔父さんは二階へと上がっていく。万葉も後をついて階段を上がった。

二階の叔父さんの部屋は、万葉にあてがわれた部屋より少し広い和室だった。布団を敷いたままにしてあるのは、すぐ横になる習性のある叔父さんのリクエストなのだろう。

叔父さんは掛布団を剝がして、敷布団の上に胡坐《あぐら》をかく。万葉には隅に二枚重ねた座布団を目で勧めたので、叔父さんのそばに移動させて座った。

「叔母ちゃんには聞かれんほうがいいかと思って……柳川で見たのは、おれ」

「やっぱり」

「ショートメールに嘘を書いてすまん」

「……叔母さんには言えないこと？」

「まぁ、わかってるのかもしれん。突然こっちにきたから……他言無用だぞ」

「うん」

叔父さんは、一息吐くと話し始めた。

おれは子どもの頃、柳川で暮らしていた。記憶がないくらい幼いころだ。

親父は仕事で度々こっちに来ることがあって、叔父さんの家で酒を酌み交わすことも多かった。自然と叔父さんたちは親父に「女」がいると気付いた。

それがおれの実の母親。

二人はほどなく別れたが、その時には母親はおれを身ごもっていた。母親はひとりで育てるつもりでいた。ある日叔母ちゃんが、幼いおれを連れた「女」を柳川で見かけた。その子はあまりに「幸太郎」の幼い頃に似ていた。もしかしたらと思って、ある日「女」の家を訪ねて真実を確かめた。叔母ちゃん、大胆だろ？

そのことを親父に伝えた。おれはその頃三歳で、うちには二歳になる久美子がいた。その頃、母は虚弱な久美子にかかりきりで、とてもじゃないけど母には言えなかったらしい。

おれはこっちの母親のもとで暮らしながら、時々叔父夫婦の家にも預けられた。親父がこっちへ来る時と、こっちの母親の手が回らない時に。

叔父たちがおれを引き取りたい、と言ったこともあったらしい。こっちの母親がひとりで子どもを育てていくのに不安があったんだろう。おれが産まれてから、実家を出てしまったから周囲に頼れる人もいない。親父は全ての事情をうちの母に明かし、おれを引き取りたいと頼んだ。その時の母の気持ちはどんなものだったか、想像もつかない……。両親は真実を隠した。兄貴もおれを弟として受け入れた。

全部、十九の時に知った。本当の母親とはその時に初めて会って、もう二度と会わないと決めていた。おれには親父と育ての母がいる。兄貴もいる。死んでも久美子は妹だ。それで充分だ。

でもこっちの母から、最後にもう一度会いたいと連絡が来て、それで、会いに行ったんだ。何年も家に引きこもっていたらしい母は、ずいぶん痩せてしまっていた。

叔父さんの身の上話は、そこで途切れた。再び階下に戻って、残った夕飯を食べた。堅実な父と違って、どこか自由気ままで明るい叔父さんの知られざる出自に圧倒されて、万葉は食事がなかなか喉を通らなかった。

「最後」という言葉が「最期」という漢字に脳で変換される。

直感でしかないけれど、でも——たぶん万葉が見た白髪の女性……あの人だろう。

「なあ、万葉、明日から九州を巡ってみないか。考えといてくれ」

唐突な誘いに戸惑いながら、その魅力に心は揺れる。

叔父さんは東京に引き取られ、父さんの弟として、亡くなった久美子さんの兄として育った。柳川の母が手離した叔父さんを、もう亡くなった祖父母は我が子として育てることにした、そういうことだ。

その夜、万葉はドイツの父に電話をかけた。父の渡独後、自分から電話するのは初めてだ。

叔父さんが見つかったという報告だが、さっき聞かせてもらった内容は他言無用。父にも、ということだ。そう意識するほどに、叔父さんが話してくれたことの重さがのしかかる。

息子のぎこちない説明に、父は何かを感じたのかもしれない。

「ともかく無事でよかったよ……正己はタコみたいなやつだから」

「タコ？　海の」

「空飛ぶ方。仕事も住まいも転々として……いつかどこかへ飛んで行ってしまいそうで……古書店を始めてから、心配がなくなったと思ったが」

万葉は、ようやく気づく。父は叔父さんが腹違いの弟だと知っていて、ずっと慮っていたのだ。実家を譲ったのは、叔父さんに終《つい》の棲家《すみか》を持ってもらいたかったからなのかもしれない。この春から万葉が独り立ちし、ひとりになった叔父さんがどこかへ行ってしまったらと、そんな風に考えた……。これまで父としての顔しか知らなかったが、弟を憂う兄の顔を見た。

「大丈夫だよ、叔父さんはどこへ行っても、帰ってくる」

「東京へは、いつ戻るんだ？」

「それが叔父さんが、せっかく来たから一緒に九州を巡ろうって……大学に入ったばかりだし、どうしようかと思って」

そう言ってから、少し後悔した。

ここまで逃げてきたくせに、今更「大学」を持ち出して、何を言い訳しているんだろう。どこかへ行きたい、どこかへ行くのが怖い、ふたつの気持ちが行ったり来たりして、どちらも選べないのだ。

「万葉はどうしたいんだ」

「……ぼくは、どっちでも」

「好きにすればいいんじゃないか」

軽くいなされて「うん」と答える。

「正己をよろしくな」

その神妙な口調に、万葉は父を元気づけたくなった。

「あのさ、そのうちドイツに遊びに行っていい?」

「もちろん、いつでも来い」

「ぼくが泊まるスペース、家にあるの?」

「……あるさ。二つでも、三つでも」

ドイツとの通話を終えると、一気に疲れを感じた。

するとふすま越しに「おーい、ちょっといいか」と叔父さんの声がした。

「どうぞ」

ふすまを開けた叔父さんは入ってすぐ胡坐をかいた。体をひねってふすまを閉める。

「兄貴に電話していた？」

聞かれていたのか、聞こえてしまったのか。他言無用は守ったつもりだ。

「そういえば、おれに話があったんじゃないの？」

唐突に言われて、記憶が巻き戻る。叔父さんの古本屋を訪ねた一週間前、いや、すでに十日は経っただろうか。あの時、万葉は叔父さんに相談があったのだ。将来について訊いてみたかった。

「まあ、いいや。大学、どう」

「まだ一回しか行ってない」

「通信は、行かなくてもいいんだろう」

「試験とかスクーリング、図書館や生協、行きたいときは大体いつでも行っていい。でもなんか気後れして……自分が大学生だという自覚も持てなくて」

「そういうもんか」

「うん……叔父さんは古書店をやるまで、職を転々としたって聞いたけど、その、自分って何って思った？」

「むずかしいこと訊くなぁ。そうなぁ、何だとも思っていなかった。まだ何者でもないんだから」

この質問は自分でもわかりにくい、失敗した、と万葉は思う。

「大学生の自覚は、やってればつくものだろう。そんな簡単に自覚しなくてもいいじゃないか。それより小旅行、どうする？」

「……決めるのは明日の朝、でもいい？」

「おう」

話は終わった、とばかりに叔父さんは部屋を出ていった。

万葉はそば殻から流れる波の音に耳を澄ませて、その夜を過ごした。


翌朝、階段を降りると叔父さんと朝子さんが台所にいた。

「おはよう」

「おはよう、万葉くん」

朝子さんがほうれん草を刻む手をとめて、こちらを見た。

「おはよう」

叔父さんは鍋に視線を落とし、みそを溶かしている。

「座って」と朝子さんに言われるがまま、この三日間で定まった席に着く。

サバの塩焼き、納豆、ほうれん草と豆腐のみそ汁、白菜の浅漬け、炊き立てのご飯。昨日よりもすっきりとした気持ちで食べる自分を、離れたところから見ているようだった。

食後、叔父さんとふたりで食器を洗った。朝子さんは座ったまま、じっとテレビを見ていた。自分たちが帰れば、朝子さんはまたこうしてひとり、テレビを見て一日を過ごすのだろう。

それは叔父さんも万葉もそうだ。今こうして三人そろっているけれど、東京に戻れば、別々の場所へ帰る。自分の居場所へ——。

スペースを譲り合いながら狭い台所に並び、万葉が洗った食器を叔父さんが受け取って、布巾で水滴を拭っていく。

「叔父さん、小旅行行くよ」

「おう。行く気になったか」

「叔父さんとあとどれくらい過ごせるか、わかんないし」

「そんな簡単に死ぬもんか」

「いつ死ぬかわからん、って言ったくせに」

「皆行きつくところは一緒や。そう思ったら怖くないやろ」

「そういう考え方もあるね」

何者でもない自分は、まだ何にでもなれる。

食器を洗った後、万葉はくすみが気になっていた流し台を丁寧に磨く。

——自分たちが帰った後、朝子さんが驚くくらいに綺麗にしておこう。

「なんや気持ち悪い、流し洗いながら笑っとる」

「笑っていないよ」

「おれの方がきれいにしちゃるけん」

流し磨きに参戦してきた叔父さんを横目で見る。きっとここを離れるのが自分以上にさみしいはずだ。何といっても叔父さんの田舎なのだから。

万葉にとってもここは田舎になった。

テレビを見ている朝子さんが振り返った。

「まあくん、万葉くん、おつかれさん、お茶、飲まんね」

「もうちょっとで終わるからー」

これまでにないくらい万葉は声を張った。

涙を浮かべて、答えられない叔父さんの代わりに。

ひとりひとりのぼくら

五月の連休を前に、経営する古書店店頭に貼り紙一枚残して、叔父さんがいきなり消えた時、万葉は何が起きたのかと訝《いぶか》しんだ。そしてこう思った。

——大人も家出するんだな……。

沙羅がパジャマ姿で衝動的に家出したことを懐かしく思い出した。

ドイツに赴任中の父に頼まれて、万葉は叔父さんの行方を追った。行き先は、叔父さんが幼いころに暮らした久留米だった。ガイドブックと福永武彦の『廃市』を手に新幹線に飛び乗った。

叔父さんを探す、という目的はあったけど、本当は東京から逃げたかったのだ。

あっさり見つかった叔父さんと、叔父さんの叔母にあたる朝子さんの家に滞在し、九州旅行をして一緒に戻ってきた。翌日から叔父さんは何もなかったように店を開けた。

だが、万葉はうまく日常に戻れなかった。

古書店から自転車で二十分ほどのところに、万葉が現在暮らしているアパートがある。大家が苦学生限定に格安で貸している風呂、トイレ別の六畳。初めての自分だけの城だ。アパートの部屋には本当に好きな本だけを置くと決めている。

幼いころから本が好きな万葉は、ずっと大量の本に囲まれて暮らす叔父さんが羨ましかった。だから、高校生になってから、頼み込んで叔父さんの古書店の店番として働き始めた。時折仕入れにも同行する。古本屋の店主が集まる独特の市場で叔父さんは生き生きと古書の仕入れに励む。

真剣な眼差しで、これと思った本を買いつける。収穫があった日の叔父さんの足取りは軽かった。それは万葉が重い本を持っているからなのだけど。

「うちみたいな小さい店は、持ち込まれた本の中から『これ』というものを売って、それを元手に売れそうな本を仕入れるんだよ」

万葉はその言葉に引っかかった。

「でもさ、『これ』って本を売るってことは、わざわざ価値ある本を手放しちゃうってことでしょ？　もったいなくない？」

「良い本は必要としている人のもとへちゃんとたどり着くから」

ピンとこないが、叔父さんは楽しそうだから、それでいいのだろう。

奇妙な音を立てていた古いエアコンがなんとか働いてくれたおかげで猛暑をやり過ごし、いわゆる「読書の季節」が訪れたはずなのに、表の古書店は客の出入りが少なかった。

古書店と間続きの窓のない四畳半の和室には、出汁《だし》の香りが充満している。

四畳半に寄り添うような板間の台所で、叔父さんはなんだって作ってしまう。

「はい、できあがりー」

岩手産の漆塗《うるしぬ》りの箸が二膳とやちむんのどんぶりが、福島から車で持ち帰ったちゃぶ台に並んだ。旅好きな叔父さんの土産コレクションだ。

細めのうどんが黄金色の出汁の中でつやつやと光っている。トッピングはネギと天かす、かまぼこではなく笹かまをいれるのが叔父さん流。うどんは福岡のものにこだわっていた。

どちらからともなく手を合わせる。

「いただきます!」

早速箸を取り、二人がズルズルとうどんをすする音が響く。

表と奥の部屋を区切るのは煮しめたような色の古びた暖簾だけ。だけど不思議と表の古書店に染みついた独特の紙の匂いはこっちに流れて来ない。

万葉は、ここの二階で今年の春まで暮らしていた。

子ども時代は両親の離婚や母の病気で落ち着く場所がなかったし、父と二人でこの家に住んでいた頃はさみしい思いをすることもあったが、今ここにいると静かで、平和だ。

年始はこの台所で叔父さんの教えを受けてお雑煮《ぞうに》を作り、二人で新年を祝った。たぶん両親といるより、叔父さんとの方が家族らしい時間を過ごしている。叔父さんはたいてい機嫌が良くて、怒るのはマナーが悪い客に対してだけ。一人暮らしをはじめて、叔父さんとの暮らしの楽しさがあらためてわかった。

「……叔父さん、古本屋って楽しそうだよね」

叔父さんを見ていて、思わず出た言葉だった。仕事が楽しいから叔父さんが楽しいのか、その逆なのかはわからないけど、どっちも正しい気がする。自分が楽しくないなら、楽しい仕事をすればいいのかもしれない。それなのに、その返事は万葉の期待と違った。

「楽しいことなんかないよ」

汁を飲んでいる途中、動きを止めてそう言った叔父さんの顔は、器で見えない。

その言い方がなんだか怖くて、器の向こうの叔父さんを見つめた。

「ごちそうさまー。やっぱりうどんはウエストだな」

やちむんの器から顔を上げた叔父さんは、満足げな笑顔だった。

ウエストとは博多のうどん屋で「もうストックがないから、アンテナショップに行くことがあったら買っておいて」と叔父さんは付け加える。

「どうしたと？　具合でも悪いのか、あんまり食ってないし」

返事をしない万葉を心配げに見つめる。

「なんでもない。買っておくよ」

「頼むな」

そう言って「おれは牛になる」とちゃぶ台に沿うように横たわる。

「楽しいことなんかない」という発言が引っかかって、万葉の箸のスピードは遅くなった。

もちろん古本屋がただ楽しいわけではないのはわかっている。

その証拠に叔父さんは年中腰痛に悩んでいる。何しろ本は重い。店番で座っているだけでも腰への負担がある。経営だって決して楽ではないはずだ。

なんとかうどんを腹におさめた頃、叔父さんはいびきをかきだした。

叔父さんが楽しいと言ってくれたら、この先に希望が抱けるのに……勝手な思いだとわかっていながら、自分は叔父さんとは違う人間だと思い直す。

食べ終えた食器を流し台に運んで、なるべく静かに洗う。叔父さんのいびきと食器を洗う音だけが静かに響いた。

——沙羅はどうしているんだろう。

沙羅から昨日届いたラインにまだ返事をしていなかった。

「お、お客さん」

叔父さんの声で現実に返った。お店の入り口付近に顔なじみの中年男性がいた。

寝ていても客の気配には気付くんだな、と感心する。のっそりと体を起こそうとする叔父さんを制して「ぼくが行くよ」と万葉は狭い上がり口で靴を履く。暖簾をくぐって二歩も歩けばもうレジ前だ。

「万葉こそ、大学は楽しくないのか」

「え」

「ここ、継ぐならまかせるけど」

思わず振り返る。

叔父さんはこちらに背を向けて横になっていた。


今年の春、万葉は都立S高等学校の通信制を卒業した。進学先はH大学通信教育部・文学部日本文学科だ。

「通信は卒業率が低い、つまり厳しいぞ」

進路相談をした際、高校の担任からはそう言われた。

通信制高校の教師なのに、変なことを言う……通信で学んだ万葉は、大学も同じように独学でやれる自信があった。

通信を選んだ理由は、通学の機会が少ないので時間を自由に使えること。通学生と比べると授業料が安価であること。入学しやすいこと。これらが大きなポイントだった。出来るだけ親に負担をかけず、叔父さんの古本屋のバイトも続けたい。

無事受験に合格して大学から届いた段ボール箱は、ずっしりと重かった。送られてきたテキストは大学で製作したものだけで、科目によっては別のテキストを使うらしい。届いた分だけで相当な量だというのに。

一通り目を通し、文系の科目は何とかなりそうな気がしたが、理数系のテキストは文字が頭に入ってこなかった。

通信も通学生と同じく、最初は一般教養、二年から徐々に専門科目が増えていく。つまり一年生の一般教養を乗り越えなければ、本当に学びたい日本文学にたどり着けない。この道を選んだ以上やるしかない。一般教養は高校の授業の復習、そう自分に言い聞かせる。大学卒業までに必要なのは一二四単位。たとえば社会学ならレポート合格で二単位、試験を通ればさらに二単位。合計四単位だ。通信制の学生は社会人も多いので、卒業までの平均年数は六年だと聞いていた。しかし万葉は最短の四年での卒業を目指していた。

段ボール箱が届いた日から、万葉はテキストに線を引き、ポイントをノートに書き込んだ。そうやってまず下書きをしてから、ようやくレポート用紙に清書する。

大学のレポートは基本論文形式だ。入学試験の代わりに書いた小論文は特に苦労することなく書けたし、これまで特に書くことに苦手意識はなかった。読書感想文の課題では、意識的に大人が好む文章を書いて、高評価をもらうと「こんなものでいいのか」とあっけなく思った。それなのに、論文となるとどうもうまく書けない。こんなことなら、もう少し文章力を鍛えておけばよかった。人よりも書けるはずだと驕《おご》っていたのだ。

スマートフォンにラインの着信が入る。

沙羅からだった。

（日曜日はどうしてる？）と画面に文字が浮かんだ。ラインを開いて、その前に既読スルーしたままのメッセージが目に入る。

（大学は楽しい？）

奇《く》しくも、この間の叔父さんと同じ質問だった。

沙羅は、亡くなった祖母の本棚を譲り受け、高校の友達と順番に読んで、感想をノートに書きためているらしい。

「読んでもすぐに忘れちゃうから、思ったことを書くようにしてる」

読書が苦手だった沙羅が本の感想を書き留めるまでに変わったことに正直驚いた。祖母の本棚を見に行く、という約束をしたくせにまだ実現していない。いつ来るのか、と暗に責められているような気分になって、スマートフォンを伏せた。

いったい何をしに大学へ入ったのだろう……。

入学してすぐに夜のスクーリングの申し込みをしたが、叔父さんを探すという理由で、結局数度通っただけになってしまった。それが躓きの始まりだった。

今、勉強のモチベーションは確実に下がっている。万葉は頭にやった手で髪を掻《か》きむしり、沙羅のラインに返信をする。
（日曜日は、試験なんだ）

今年、入学したばかりの一年生は四月の試験は間に合わないので、早くても五月が初試験になる。試験は年に八回。夏と冬の長期休みを外せば、月に一回のペースだ。

万葉は高校で実践して来たように、独学で二週間ごとにレポートを仕上げて、大学へ送ると決めた。そうして送っても添削されたレポートが返ってくるまで二週間はかかる。その間に次のレポートに取り掛かる。単位修得試験の受験資格を得るには当該の科目のレポートを提出した事実があれば良く、その合否は関係ない。

しかし福岡に滞在している間は何もせず、早速「月に二通」という決まりを破ってしまった。それでも何とか十月の試験を受ける資格を得た。

レポートはメールでの提出は認められておらず、プリントアウトして郵便物として送らなければならない。郵送だけなんて時代錯誤な気もするが、この手間暇も通信制で勉強する意味のひとつと万葉は受け止めていた。

万葉は九州から帰ってきてから、幾度目かの『廃市』を手に取っていた。これまでの読書経験から言えば、同じ本を繰り返し読むのは新刊を読むエネルギーがない時。万葉にとって活字は、使いこんだタオルみたいに肌に当てているだけで安心するものだった。でもなぜそれが他の本ではなく『廃市』なのかは、自分でもよくわからない。久留米でお世話になった朝子さんと叔父さんの実の母親が『廃市』に出てくる姉妹のその後のように思われた。

そうしているうちに、苦心して完成したレポートの成績が返ってきた。

一つ合格、二つ不合格……

レポートは上からA+、A、B、C、Dの評価で、Dは不合格だ。今回辛くも合格したレポートの評価はC。二つはD評価。

こんな成績が残るくらいなら、いっそ三つとも不合格の方がよかった……そう一瞬思ったが、合格は合格だ。D評価のレポートは一から書き直し。

気になるのは、添削した講師は教科ごとに違うのに「論文の形式で書くように」という指摘は共通していることだ。

万葉は、自分は論文が書けないということを自覚した。

入学して半年、自分は一体何をやっていたのか……ただ無駄に時間を過ごしてきたのかもしれない、と呆然とする。

先週、父さんから電話で大学の勉強の進捗状況を訊かれた際に、万葉はうまく答えられなかった。すると父さんは明るい調子で言った。

「思いきってドイツに留学してみたらどうだ？」

思いがけず魅力的に感じた提案だった。でも何のためにこの大学へ入ったのか、とも考える。

「社会に出る前に、インターン体験するのもいい。うちの支社もあるし」

父さんは叔父さんがいなくなった時に連絡してきて以来、度々ドイツへの留学をすすめてくる。大学卒業後は自分の会社へ入ってほしいらしい。

叔父さんには古書店、父さんからは会社、いきなり用意された将来に万葉は戸惑っていた。モラトリアムの期間は案外短い。用意してもらったレールに乗れば、楽になれる。でもそうしてしまうのは逃げのような気がする。

現実の自分は学生の本分である勉強すらままならない。

心に反するような秋晴れの日曜日、万葉は大学へ向かった。

単位修得試験の許可書の葉書に書かれた教室は、大学の中で一番古い建物にあり、教壇に一番近い席はまだ空きが多かった。教室は映画館のように斜め上にいくほど学生の数が多くなる。万葉は机と机に挟まれた階段を上り、丁度中段あたりに空席を見つけて腰を下ろした。机の上にペンと消しゴムを用意し、スマートフォンは電源をオフにしてリュックに仕舞う。

「あれ」

一つ席を空けた隣から声がした。

「ひさしぶりね」

黒いパーカー、眼鏡の奥の力強い目。見慣れない姿が知っている顔に変換されるまでに時間が要った。

「そ、村長？」

「やめてよ、その呼び名」

村長は言葉と裏腹な表情で微笑んだ。

村長の本当の名前は村上《むらかみ》さんという。

下の名前も年齢も訊いたことがないが、多分三十代半ば。スーツ姿しか見たことがなかったので、一瞬だれだかわからなかった。

経済学部の村長と知り合ったのは、夏の集中スクーリングの化学の実験の時だった。偶然同じグループになったのだ。

ランダムに決められたグループは、万葉と同じく化学がからっきしダメな中年女性の滝《たき》さん、曾根《そね》さんという三十代の男性と、村上さんの四人だった。

初日は時間通り来たが、あとは遅刻ばかりでまったく授業に身が入らなかった曾根さんは、出席が必須となる六日目の最終日をなんと欠席した。スクーリングは学費と別に一科目あたりの授業料が発生する。最終日を休むことは、お金をどぶに捨てるのと同じ。その後、曾根さんの姿はぷっつり見られなくなった。

そんなへっぽこなグループを村上さんは根気よく引っ張り、万葉や滝さんを指導しながら、課題のラベンダー石鹸《せっけん》を作った。万葉はこの時に作った石鹸を大事に取ってある。

「私は何もできませんでした……村長についていってよかった」

最終日に泣かんばかりだった滝さんが村上の苗字をもじって「村長」と呼び始めたのだ。

大学の通信制は高校の通信制以上に年齢層が広く、中には七十代八十代の人もいる。スーツ姿の社会人とフリーターと主婦が同じ教室にいるのも珍しくなく、むしろ通学生と変わらない万葉が浮いているように感じるほどだ。

これだけ大勢いると、専門科目の授業を受けない限り、同じ学部の同じ学科の人にはなかなか出会えない。夏以来、数少ない知り合いと会えて万葉は感動すら覚えた。

「ご無沙汰しています」

「やめてよ、敬語」

そうはいっても、年上の異性にどんなふうに話せばいいのか万葉にはわからない。

「何受けるの？」

試験はそれぞれ自分の取った科目を受けるシステムだ。

「自然科学史、です」

「まじ？　墓穴《ぼけつ》だよ」

「え？」

抑えていた声が大きく出て、周囲の学生がちらっと視線を向けた。

「受ける前から言って悪いけど、難関だから」

「……」

実を言うと自然科学史はレポートも不合格だった。しかも二度出して二度ともダメだった。これで試験もダメだったらどうすればいいのか。万葉の表情から心を読み取ったように、村長は慰め口調になる。

「もしレポートも試験もダメなら、こだわらないでさっさと別の科目にすればいいのよ。その方が早く合格する可能性があるから」

「……そうなんですか」

「苦手な教科を避けて、できるだけ得意なところを伸ばす。体育だって必修科目だけど、座学で合格すればわざわざ運動しなくてもいい。通信制は自分に合った学び方をしなくちゃ卒業できないわよ」

高い壁にチャレンジするより、越えられそうな壁を選べということか。

「同じ学科の知り合い、いる？　いたら情報交換するといいわよ」

「まだ、いなくて……」

「そうなんだ……あ、もう時間」

教壇の上に掲げられた丸い時計に目をやった。まもなく試験開始だ。

「あとで万葉くんのライン教えて」

村長はそう言うと、前に向き直った。こちらから訊く手間が省けて万葉はホッとした。

それから三時間の間、解答用紙を精一杯文字で埋めてはみたものの、試験の手ごたえらしきものは得られなかった。もしかしたら自分は時間をかけてD評価のレポートの再現をしているのではないかと不安になる。

村長は途中で試験場を出ていった。一定の時間を過ぎれば、解答用紙を提出したのちに教室を出ていくのは自由だ。

村長を待たせてしまっている、と気は急いたが結局時間いっぱい使いきってから教室を出た。村長の姿を探しながら階段を一階まで降りると、村長はベンチに座っていた。隣には秋らしいオレンジのジャケットを着た中年の男性がいて、楽しそうに話している。

「あ、お疲れ」

万葉の姿を認めた村長が手招きする。おずおずと近づくと、村長の隣に座っていた男性が立ち上がった。その顔に見覚えがあった。

「あ、哲学の授業で」

一八〇センチはありそうなその人は、笑顔を見せた。

「一緒だったよねー。そっか、君が近藤くんだったんだ」

差し出された手を自然に握った。肉厚で温かい手だった。

「なんだ、社長と知り合い？」

「社長？」

「あはは、地元の乾物屋だけどね、一応社長。近藤くんとはこないだから始まった哲学のスクーリングで一緒なんだよね」

そう外岡《そとおか》は笑う。あまり話したことはなかったが、明るくていつも人に囲まれている外岡に、万葉は一度助けられたことがあった。

「ぼくが体調不良で授業を休んだ時に、ノートのコピーをさせてもらって……あの時はすごく助かりました」

「お互い様だよ」

親切にしてもらったのに、万葉はそれ以上外岡と親しくなれなかった。いつも多くの学生に囲まれて、まるで講師か教員のように見える外岡に、気が引けて近づけなかったのだ。

「万葉くん、わたしの事を村長って呼ぶのよ」

「ぴったりだと思うよ。村長っぽい」

「そんなことないいんだけど。社長はね、わたしと同じ二年生。知り合いが多いから万葉くんも頼るといいよ」

外岡が自分の隣を空けてくれたので、そこに腰を下ろした。

「ぼくは文学部の地理学科なんだ」

「……そうなんですね」

文学部は日本文学科、地理学科、史学科の三つに分かれている。同じ学科でないと知って、少しがっかりする。

「万葉くんの名前って、もしかして万葉集から取ったの」

「はい。母がつけてくれました」

子どもの頃は「まは」と呼ばれたりして、女の子に間違われたりするので嫌だった。だけど母が亡くなってからは、名前だけが母とのつながりのように思える。

「古典文学が好きなお母さまなんだね」

「そう聞いています」

ふいに沙羅の名前が浮かんだ。沙羅という名には、どういう由来があるのだろう。

「じゃ、ぼくも万葉くんって呼ぼうかな。最近知り合った子で万葉くんと同じ日本文学科の子がいて、彼に連絡したら、今日来ているみたいだから、この後時間があるなら一緒にランチでもどう?」

「……ご一緒させてください」

やっと同じ学科の人に会える。万葉は目の前が明るくなった。

三人で駅近くのファミリーレストランへ向かった。村長の知り合いが二人合流し、初対面の人の多いランチだったが、万葉はそれなりに楽しく過ごせた。

普段はひとりでいるのが気楽だが、こうしていろんな人と接するのも悪くない。おそらく万葉はこの中で最年少だ。

　年上の学友たちは、

「仕事先のトラブルがあってレポート提出が間に合わなかった」

「家族の介護があって思うように勉強がはかどらない」

「加齢のせいで疲れやすく、記憶力も落ちた」

などと話している。それぞれの事情を聞きながら、自分がいかに恵まれているかを知る。自分のために頑張れる環境にいるのに、どこか逃げ腰でいることを万葉は自覚していた。

ランチを半分食べ終えたころ、例の文学部日本文学科の「彼」が店に来た。

「万葉くん、彼が日本文学科の風見《かざみ》くん」

思わず固まってしまう。風見は色の抜けたようなグレーの長髪を一つにまとめ、ダメージジーンズにブーツを履いている。体つきが驚くほど細い。

「風見くんてさ、ロッカーみたいでしょう」

社長がニコニコして、万葉の心の内を言葉にする。

万葉の顔をちらっと見ただけで、風見は彼のために空けておいた椅子に座り、だらんと肘をついてメニューを開いた。

　万葉は思っていたイメージと違う「日本文学科」の彼とうまくやっていけるのか、少し不安になった。

「君、いくつ？」

一人ずつ会計を済ませて、残りの人が出てくるのを店先で待っていると、風見が話しかけてきた。

「十九です」

「どこ住んでるの？」

「上町《かみまち》です……世田谷線の」

「働いてんの？」

社会人が多い通信制で、勉強だけしていればいい人は恵まれている。万葉は少しだけ胸を張った。

「叔父さんの古書店で」

「家の手伝いね」

「……………」

「どこにあるの？　叔父さんのお店」

「し……下北沢」

質問攻めにされているうちに、自分の陣地がどんどん狭くなっていく感じがした。それに叔父さんの店であっても、ちゃんと時間を決めて働いて、お金ももらっている。家の手伝いと一緒にされて内心ムッとしていた。風見はさらに続ける。

「何で日本文学科?」

「か……風見……くんこそどうして、ですか」

反撃しなければ、陣地が奪われる。

風見「くん」か「さん」か迷ったが、ここは「くん」でいった。でも語尾は敬語になってしまった。

質問を受けた風見は間髪を入れず答えた。

「本、好きだから」

「あ、そうなんだ……ぼくも」

万葉が勇気を出して、ラインアカウントの交換を持ち掛けると、風見はあっさりと頷いた。


その夜、万葉は久しぶりに沙羅に電話した。試験で村長と再会したこと、社長と知り合いになったことも報告する。

「それで社長からおんなじ学科の風見くんを紹介してもらったんだ」

「へーよかったね。いい人が見つかって」

「その言い方、なんかちょっと違う気がするけど」

「なんで?」

「なんでもないよ……沙羅はどうなの」

「あのね、おばあちゃんの家、取り壊すことになって。引き取る本とそうでない本を分けるようにって、お母さんから」

沙羅の祖母の書棚を見に行く約束を果たしていないことを思い出した。

「近いうちに叔父さんに行ってもらうよ」

「万葉くんは？」

「行けたら、行く」

今はそんなことをしている場合ではない気がして、曖昧に答えた。

たわいのない会話をして、そろそろ電話を切ろうとした時に、沙羅が言った。

「風見くんと仲良くなれるといいね」

「……そうだね」

「万葉くんは、一人でも平気な人だけど、でもたまには群れてもいいと思うよ」

「群れる？」

「うん。群れを作るのは、生き物が生き延びるための本能だよ」

「本能ねぇ」

「野生のライオンだってキリンだってそうしてる」

いきなり野生動物にたとえられて小さく笑ったけど、案外当たっているように思えた。

これまで万葉はあえて孤立することを選んでいた。人と関わることが苦手だし、関わればその状態を保たなければならない。今、万葉が心を開けるのは保護者代わりの叔父さんと幼なじみの沙羅くらいだった。それでいいと思っていた。でも大学生になってから、一人でいるのが妙に心許《こころもと》ない。

自分は今はじめて、社会に近い場所に放たれている。そうならば群れることは自分を守ることだ。

「ねえ、最近何読んでいるの？」

「『廃市』」

「福永武彦の？　万葉くん、九州に持っていったんでしょう」

「うん……」

何度目の『廃市』かとは訊かれなかった。

「ふーん……私も、『廃市』読んでみよっかな」

深く突っ込まず、沙羅は「おやすみ」と電話を切った。

通信制は毎日大学へ通うわけではない。次に風見に会えたのは十一月の試験日だった。先月の試験終わりにラインアカウントを交換したが、わざわざ連絡するほどの用もなく、結局昨夜初めてメッセージを送った。とりあえず試験後に待ち合わせをするので精いっぱいだった。この調子では、情報交換したり、共通の困りごとや悩みを言えるわけもない。

試験日は朝からどんよりとした天気で、気分は晴れなかった。今回は一教科しかレポートを提出できなかったので、試験も一教科だけ。書きあぐねぎりぎりまでかかって解答用紙を埋め、教室を出た万葉は待ち合わせ場所に指定された新館一階ロビーへと向かった。

すでに風見は待っていて、本を読んでいる。

「お待たせ」

一瞬、本から目を上げる。

「どうだった？」

「まあ……」

「……座れば？」そう言うと、再び本に目を戻す。

万葉はぎこちなさを隠して、風見の隣に座った。

自分とそれほど年が変わらないはずの風見がなぜか大人に感じられ、緊張してしまう。

万葉は背筋を伸ばし、両足を少し開いて堂々と見えるように座りなおした。

「風見くんは試験、どうだった？」

「おれ、棄権した」

「え？」

「なんか、やる気でなくて」

解答ができない場合は（棄権）と書いて用紙を出すこともできる。もちろん不合格。たとえわからなくてもせっかくのチャンスを無下にするのはもったいない。

風見は左手の文庫本を閉じると、こっちを見た。

「ジェイコブズの『猿の手』読んだことある？」

「いや……ジェイコブズってホラーの名手じゃなかった？」

「そう言われている」

万葉は怖いものが苦手で、ホラーだけはなかなか手が出ないのだが、それを口にするのは恥ずかしかった。

「『猿の手』が三つの願いを叶えてくれるって話なんだ。君だったら何を願う？」

万葉は少し考えたが、思いつかなかった。

「……何にも願わない」

「野心がないんだな」

がっかりされたかもしれないが、別に構わない。本の読み方は自由だ。

「他力本願は好きじゃないから」

そう言ってすぐ、昨日の沙羅の言葉を思い出した。

（たまには群れてもいいと思うよ）

風見に頼りたいくせに他力本願はしたくないなんて、矛盾している……

風見はククッと声を殺して笑っていた。

「小説の話なのに……万葉、少し早いけどランチに行く?」

「あ、うん」

いきなりの呼び捨てに動揺しながらも席を立った。

先月と同じファミレスで、今回は二人だけのランチ。先日と違い、風見は饒舌だった。見た目はロッカー風だが、実は楽器は弾けないという。

「こんな髪でこんな服着ているけど、コケ威《おど》しだから」

ドールファッションを戦闘服にして通信制高校に入学してきた沙羅と似ている——思いきって万葉は訊ねた。

「風見くんは、どうして通信に来たの?」

長い髪をほどいて、結いなおしながら風見は言った。

「おれ、進学校に入ったんだけど、担任とも同級生ともトコトン合わなくて、家に引きこもった。それで、高校辞めて親に泣かれてさぁ。仕方がないから高卒認定試験受けた。そしたら次は大学行けって……実は、高校の時からネット上で事業立ち上げて、それなりに稼げているから、別に大学なんか行かなくてもいいんだけど」

風見くんは周囲に合わなかったのではなく、周りから浮いていたのかもしれない。若くしてすでに起業して稼いでいたのだから。

「すごいね……」

人は見た目ではない。万葉は初対面の時、風見の風貌を見て不安になった自分を恥じた。

「万葉は？」

「ぼくは高校も通信だったから」

「もしかして引きこもり？」

「いや……でも、精神的にはそんな感じかな……大学も通信でいけると思ったけど、予想より苦戦してる」

「しないやつはいないんじゃない」

風見くんもそうなのか……そう聞いて安心する。

食べ終わって会計を済ますと、風見は「アー食いすぎた」と腹を撫でる。風見は痩せの大食いで、万葉が一度しか取りに行かなかったブッフェのサラダを五回もお代わりしていた。

「これからどうするの？」

「叔父さんの店で、バイト……」

起業家の風見からしたら、自分は「家の手伝い」と言われても仕方がない。そう思うと声が小さくなった。

「おれも行っていい？」

「……いいけど」

断る理由がなく、万葉は風見と下北沢へ向かった。

「万葉は、他のバイト経験あるの」

「……ないけど、そのうちやってみようと思ってるよ」

心にもないことが口から飛び出した。

――家の手伝い以外でも働けるはず……まだやったことがないだけだ。

「叔父さんってどんな人？」

「本が好きな人だよ」

――仕事は楽しくないって言ってたけど……。

心の中だけでつぶやく。

「風見くんていくつなの」

「今年二十歳」

ということは、今は十九歳……一つしか違わないのに、自分より落ち着いている。ロッカー風の起業家をあらためて見る。

「何ジロジロ見てんの？」

「あ、ごめん」

店まで案内すると、ちょうど店頭に赤いエプロン姿の叔父さんが出てきた。

「お、おかえり。友達？」

「うん、風見くん」

「ども」

叔父さんが嬉しそうに目を細めた。

「万葉が友達を連れてくるのは、沙羅ちゃん以来だな。狭いけどどうぞー。お茶でも淹れるよ」

「お邪魔しまーす」

風見は万葉の前を横切って、堂々と店内に入っていった。あわてて後を追う。

万葉はリュックをレジ下の定位置に置いて、レジ前に座る。暖簾の奥から叔父さんと風見の声が聞こえてくる。

「まじっすかー叔父さん、おれも漱石《そうせき》好きですよ、特に『三四郎《さんしろう》』とか」

「そうかぁ、若いのに頼もしいな。風見くん、腹は減ってない？　うどん作るけど食べる？」

「あーいただきます！」

さっき、ランチ食べたばっかりなのに……。

風見と気が合った叔父さんは嬉々として台所に立った。たまりかねて暖簾をくぐると、風見はすでに和室に上がり込んで、胡坐をかいて寛いでいた。

「む、無理しなくてもいいよ」

「何が無理なんだ」

万葉の囁きを聞きつけた叔父さんがネギを刻みながら言う。

「だって、さっき」

万葉の言葉を遮るように風見は「うどん好きなんすよーおれ」と叔父さんに声をかけた。

せっかく助けに行こうとしたのに……万葉がそろそろとレジに戻ると、客が会計を待っていた。

「あ、お待たせしました」

結局風見は閉店時間の七時まで居た。その間店内の本を見て回り、万葉がトイレに立って戻ってくると、レジ前に座っていたり、再び和室で叔父さんと話したりしていた。万葉は自分の陣地を奪われたような気がして、二人が話している内容をあえて聞かないようにした。

「風見くん、また遊びに来てね」

「はい楽しかったっす。ありがとございましたー」

風見はうどんを食べ、おやつにどら焼きを食べ、古本を数冊買い、帰っていった。

「いい子と友達になったなー、万葉の大学生活が羨ましいよ」

「……………」

風見を見送った後、万葉は黙って店内の掃除をした。叔父さんはなぜかスクワットをしている。

「夕飯食っていくだろ」

「いらない、お腹いっぱいなんだ」

「うまい明太子があるから、新米を炊こうと思ったんだけど」

本当は空腹だった。聞いてから答えるべきだった……でももう今日は帰りたい。初対面の叔父さんとすぐに馴染んでしまった風見に気後れして、なんだか疲れてしまった。

「試験とバイトで疲れたし、帰るよ」

「そっか」

叔父さんは引き留めなかった。

万葉は逃げるように店先の自転車置き場へと向かう。

あるはずの場所に自転車が停まっていなかった。盗まれた……頭が真っ白になる。

「あれ、ない」

「今日は大学から直接来たろう。バイトの日はいつも、ここに自転車を置いておけば帰りが楽だからってそうしているのに」

叔父さんに言われてハッとする。自分としたことがうっかりしていた。最寄りの上町から大学まで電車だと乗り換えが多い。だから、交通費節約のため、古書店に寄る時は下北沢まで、それ以外は三軒茶屋駅まで自転車を使っている。でも今日は雨が降りそうだったので、世田谷線を利用したのを忘れていた。

「もう少し待ってくれたら、車で送るぞ。もしくは泊っても」

「いや、歩いて帰るから大丈夫」

そう言うと、帰り支度をする。早くひとりになりたくて、叔父さんの親切を断ってしまった。

「気をつけろよー」

叔父さんの声を背に受けて夜道を急いだ。普通じゃない自分を叔父さんに見せたくなかった。店から離れて大通りの脇の道を歩きながら、万葉は今日一日を振り返る。

――風見くんとは同じ学科だというだけで、それだけでいいんじゃないか。

群れるなんてしょせん無理だ。

自分はひとりの方が楽だし、タイプの違う風見とは相性が合わない気がする。それを無理して付き合おうとするから、なんだか調子が狂うのだ。

少し近道をしようと、大通りから脇に逸れた住宅街の道を選んだ。先ほどより暗い道は静かだ。

――ひとりで十分だ。

万葉はそう結論付けて、自分を安心させる。

人と関わるから、妙なことになる。それじゃ社会に溶け込めないとはわかっているけど……いずれ就職するとして、自分に合った職場、職業があるのだろうか。叔父さんの古書店以外のバイトをしたことがないのも、別の場所で働ける気がしなかったからだった。

でも叔父さんの店と父さんの会社のふたつに将来を絞るのは早すぎる……そう思う。

下北沢を出て四十分ほど歩いて家に着いた。早足で来たからか、涼しいのに少し汗をかいている。鍵を開けようとしたら、スマートフォンが振動した。

素早く扉を開けて中に入ると、鍵を閉めてから画面を確認する。

（明日ってなにしてる？）

沙羅かと思ったが、画面に現れた文面から、風見だとわかった。

あらためてラインを開き、返信する。

（図書館へ行くつもり）

どうしても図書館に行かなければいけないわけじゃないが、暇だというのも癪《しゃく》なのでそう返答した。

するとすぐに返信が届いた。

（ちょっと急用があるんだけど）

結局、風見と会うことになり、万葉は向こうの指定した時間に渋谷のカフェへと向かった。風見のペースに乗せられている気がするが、自分から何か誘う用事もないので仕方がない。

街は昨日よりぐんと気温が下がっている。

昨日まで昼間は長袖一枚の人もいたが、今日はダウン姿が目立った。風見から自転車で来るように言われた万葉は、薄手のダウンジャケットにマフラーを巻いていた。今日はこれくらいでちょうどいい。

時間より早く着いていた風見は、昨日とほぼ同じ、破れたジーンズに体にぴったりとしたシャツ、痩せ形の体型がより痩せて見えた。

「風見くん、寒くないの？」

目が合うなり、そう訊いた。

「べつに。ずいぶん厚着だな」

「え？」

「いや、あのさ、唐突だけど紹介したいバイトがあるんだ」

「……バイト？」

バイトと言われて、身構えた。

「そんなに警戒すんなよ。古本屋以外のバイトしたいって言ってたじゃん」

万葉は小さく頷いた。

「古本屋とはちょっと違う接客業」

「でもいきなり、どうして？」

「大学は、自分の世界から飛び出せる場所なのに、万葉はずっと閉じこもってるから」

「そんなことないよ」

「おれにはそう見える」

「……風見くんに何がわかるんだ」

「わかんないけど、ちょっとわかる気はする。おれが高校辞めたのは、引きこもってからなんだ。万葉も精神的引きこもりだって言ってたけど、いまだにそうだろ」

怒って見せながら、万葉は内心痛いところを突かれたのを感じていた。

「……何をやるの？」

すると足元に置いてあった黒い箱状のカバンを持ち上げて、万葉に差し出した。

「デリバリーだよ」

風見が起業するきっかけになったのは、スマホアプリの開発だった。引きこもっていた風見が、家にいながら好きなものを食べたい、と出前をしていない店からのデリバリーが可能なシステムを提案したのだという。

「出前をする人員がいない店でも、運ぶ人がいればいいわけじゃん。店がデリバリーのためのスタッフを雇うのではなく、時間のある人が、注文が入った時にお店から客のもとへ料理を運べば一挙両得でしょ」

「それで、ぼくにデリバリー？」

「そう、今日一日お試しでやってみたら？　それくらいならできるっしょ」

お試し、という言葉に万葉は乗ってみることにした。

――ぼくだってできるさ、それくらい。

「それで、今日は自転車でって……」

――すべては準備されていたんだ……。

風見の行動の速さに万葉は舌を巻く。だから起業家になれるんだ、と感心もする。

風見に言われるままスマートフォンにアプリをダウンロードし、簡単なレクチャーを受けた。するとすぐにスマホに着信が入った。

「もう来たじゃん。頑張って」

風見はあっさりと席を立った。

風見の言葉に答える余裕もないまま、万葉はあたふたと注文内容を確認し、デリバリー店へと向かった。


その夜、万葉は久しぶりに風呂に湯を張った。

普段はシャワーだけで湯船に入る必要を感じないし、光熱費の無駄だと省いていたが、今日はお湯につからなければやっていられない。狭い湯船に足を抱えるようにして入ると、体のこわばりがほどけるような気がした。

「もう二度とやらない……」

独り言ちながら筋肉が張った腿をさすっていると、今日の出来事が脳裏によみがえった。

初の注文で、代官山のカフェから広尾のタワーマンションへ豆乳ラテとアボカドのサンドイッチを運んだ。十九階の客は村長くらいの年齢と思しき女性だった。ラフな部屋着の胸元が広く開いていて、つい目に入ってしまう。女性は商品を受け取る時、万葉の目を見てゆっくりと微笑み「ありがとう」と言った。

万葉はドギマギとして頭を下げた。エレベーターを降りる間、妙にフワフワとした気分になった。

——なんだ、やればできるじゃないか。古本屋より楽だし。

この一件でバイト料はいくらなのだろう。頭の中で計算する。その額は時給にすると、叔父さんの店よりも割高だと気付いた。

二件目は、恵比寿のピザを代々木へと運ぶ注文。広尾から恵比寿はすぐだ。自転車をこぐ足に力が漲《みなぎ》った。

ピザはすぐにピックアップできたが、届け先の代々木で道に迷った。住所は地図アプリの通りの場所なのに、肝心の建物が見つからない。探す間にピザが冷めるのでハラハラする。たまたま通りかかった宅配業者に建物名を尋ねると、アプリが示す場所に間違いはなかったが、裏に入り口がある別館がそれだったとわかった。

教えてくれた宅配業者に「ありがとうございます！」と大きな声でお礼を告げ、客の家を訪ねた。ビンテージマンションのエントランスは古いオートロックシステムだった。部屋番号を確認して、インターフォンを押す。相手が出たのを確認して「お待たせました、ピザのお届け……」と言い切らないうちに、自動扉が開いた。

中へ進み、エレベーターで八階へ上り、部屋の前に着くと、あらためてインターフォンを押した。

「何時間待たせんの？　ありえないんだけど」

扉が開くなり、若い男が怒鳴った。

「すみません、道に迷って」

「そんな言い訳、通用すると思ってんの？」

「すみません……」

「謝れば許されると思ってんだ」

「……すみません」

男は万葉の言葉の揚げ足を取るばかりで、なかなかピザを受け取ってくれない。

もともとお届け時間には余裕を持たせてあって、万葉が到着したのは約束したギリギリの時間だった。

「あのさぁ宅配ピザ業者はいっぱいあって、そういうところは届ける時間が遅れたら、無料サービスするんだよ。でもこの店のピザが好きだから、わざわざこのアプリで頼んだのに」

「ほんとうにすみません」

「謝られるとこっちが悪いみたいだけど」

「いいえ、ぼくが悪いんです」

「だったら誠意見せて」

「え?」

突然のことに万葉は戸惑う。

「なんでもいいよ、君が誠意だと思うこと、やってみて」

「……」

「なんでもいいよ。バイト代でピザ代無料にするとか? カード決済で精算されているから無理だな」

万葉が説明する前に男は気付いて舌打ちをする。ブツブツと口の中で繰り返して、ふいに顔を上げた。

「時計なしで一分間を測れる?」

「え?」

「結構難しいんだよ。時は金なりっていうだろ。君が遅れた分、こっちは金を損したんだ。一分測れたら、ピザ受け取ってやるよ」

出来なかったら、受け取ってもらえないのだろうか……もし受け取られなかったら、どうすればいいのだろう。

「まぁ一分ピッタリは可哀そうだから、前後五秒間の誤差は許す」

ともかくこの人に許されなければ、この場は去れないらしい。これが小説なら閉じてしまえば終わるのに……今日は最悪の日だ。

「……わかりました」

万葉が答えると、男はスマートフォンのタイマー機能を開いた。

「じゃーいくよー。よーいスタート」

どうにでもなれ。万葉は、男の合図に合わせて息を吸う。

「祇園精舎《ぎおんしょうじゃ》の鐘の声
諸行無常《しょぎょうむじょう》の響きあり」

いきなり唱えだした万葉に、男がギョッとした顔をした。

「沙羅《さら》双樹《そうじゅ》の花の色
盛者必衰《じょうしゃひっすい》の理《ことわり》をあらわす」

時計を使ってはいけないけど、喋ってはいけないとは言わなかった。

「奢《おご》れる人も久しからず
ただ春の夜の夢のごとし
猛《たけ》きものも遂には滅びぬ

ひとえに風の前の塵《ちり》に同じ……」

「平家物語」の冒頭のフレーズは、ゆっくりと唱えて二十秒だ。子どもの頃、熱い湯船を出たがる万葉に、母は優しく諭した。

「三度繰り返したら出ていいよ。お母さんも数えるから」

言葉の意味はよくわからなかったが、母の言うなりになぜか目を閉じて万葉は唱える。

三度繰り返して目を開くと、母は万葉に笑いかけた。

「ちょうど一分間」

こんなことに役に立つなんて、思いもしなかった。

湯船につかった万葉は、母を思い出して久々に泣いた。

風呂から上がると、風見からラインが入っていた。万葉はあえて読まずに、電話をしてみた。

「もしもし」

「あ、お疲れ。お試しバイトどうだった？」

「……外で働くのは、やっぱり大変だね。でも勉強になった。ありがとう」

「社長から聞いてたけど、万葉って本当にまじめだな」

「……まじめくらいしか取り柄がないかも」

万葉が自虐的に笑うと、風見は唐突に、

「ごめん、おれはそういうのバカにしてた。だから試したんだ。万葉には無理そうだなと思ってこのバイトをさせてみた」

風見の言っている言葉が、頭に入ってこない。

「社長から万葉のこと聞いた時、ものすごく恵まれてるのに、勝手に生きづらくなっている奴だって思ったんだ」

「……どういうこと？」

「大学で孤立している子がいるから、同じ日本文学科の学生として手を貸してやって、と言われたんだ。社長は世話好きだから。おれも世話になったし……で、会ってみたら、君はなんだか疑り深くて、人を信用しないくせにさみしがってる。いけ好かないやつだと思った」

悪口を言われているのはわかったが、不思議と腹が立たない。万葉だって風見と初めて会った時、風貌も態度も気に入らなかった。

「万葉の叔父さんと話した時に、家の事情とかも聞いた。それで、おれが思っているのと少し違うんだと気付いた」

叔父さんは風見にどこまで話したのだろうか。

「叔父さんは、万葉が何か思い悩んでいることを気にしていた。それは大学に関わることだと思うから、おれに相談に乗ってやってくれ、って……古書店を継ぐ話をしたのが万葉の負担になったのかもしれない、と叔父さん自身が悩んでて」

「あ……」

「村上さんだっけ？　村長って呼ばれてる人。あの人も万葉が周囲に溶け込めないのを心配していた。なんでだと思う？」


風見の電話を切った後、思い切って村長に電話をしてみた。

「風見くんから聞いた？　万葉くんと同い年の息子がいるって」

「はい……」

村長は十九歳で結婚して子ども産んだから、進学できなかった、と話してくれた。自分の息子と同じ年代の万葉と一緒に勉強していたのだ。

「化学は得意じゃなくて……夏のスクーリングの時は息子に頼んで徹底的に予習、復習よ。だからわたしは村長なんかじゃなくて、単なる村人の村上なのよ」

「そんなことないです。やっぱり『村長』がふさわしいと思います」

最初からできたんじゃなくて、努力して自分たちまで引っ張ってくれたのだから。照れたように村長は話の方向を社長に向けた。

「外岡社長は、もともとこの大学の学生だったんだ。でも父親が急死して、中退するしかなかった。それから紆余曲折《うよきょくせつ》があって、自分で会社立ち上げて軌道に乗ったから、大学に再挑戦して今に至ってる。あの人が親切なのは、やりたくてもできない人の気持ちがわかるからなんだよね。通信制はそういう人、結構多いでしょう」

いったん社会に出た人間が大学へ行くのは、学歴が欲しいとかキャリアのためとは限らない。万葉だって、あえて通信制を選んだ理由がある。

「ぼく、村長にも社長にも心配されていたんですね」

「だって負のオーラ発してたもん、万葉くん」

自分では気づかないものだ。一人でも平気だと思って、ずっと自分で解決しようとしていた。誰かに頼ったら負けるような気がしていた。


翌週の日曜日、万葉は叔父さんの運転で千歳船橋の沙羅の祖母の家へと向かった。

助手席で本を開いて、付箋を貼りつけていく。

「次のレポート課題なの？　『三四郎』」

「そう。前に読んだけど、なんか今読むと新鮮な感じがする」

「本ってそういうことあるよ。内容は変わらないんだから、変わったのは万葉の方だ」

「『三四郎』には三つの世界が出てくるよね」

「うん、簡単に言えば過去と現在と未来、の三つだな」

「故郷の熊本の日々が過去、上京してきた東京が現在、そしてまだ届かない鼻の先の世界……三四郎は三つ目の世界になかなか踏み出せない。都会的な美禰子《みねこ》とも別れてしまう。なんだかどこにも行けないまま終わってしまう。結果はそうだけど、三四郎は何もしなかったわけじゃなかった」

「そうだよ！　三四郎は美禰子の気持ちをつかもうと努力した！」

心なしか叔父さんの声は弾んでいる。

「がんばったよね、三四郎は」

「だけど惚れた女が悪かった。翻弄されっぱなしだったから……おれもそうだったなぁ」

「そうなの？」

「おれは鼻の先の世界だけ見ているから」

「何それ」

その時、電話が入った。沙羅からだ。

「沙羅、大丈夫？」

「ごめんね、おばあちゃんちに行くつもりだったのに風邪ひいちゃって。お母さんがそっち行ったから」

「わかった、安静にして」

「うん」

沙羅の祖母の家には、風邪の沙羅に代わって、お母さんが待っていてくれる。

家の取り壊しは年明け早々になるらしい。

「あのさ、沙羅の名前の由来って聞いたことある？」

「うん、植物の名前でね……『平家物語』に出てくる」

「沙羅双樹」と沙羅と万葉はハモった。

沙羅は小さなくしゃみをひとつする。

「あ、もう休んで」

「叔父さんに、よろしくね」

「うん、叔父さん、張り切ってるよ」

「じゃあね」

沙羅との電話を切るなり、叔父さんが言った。

「おれは張り切ってるわけじゃないよ」

「ぼくにはそう見えるけど……」

「この仕事は、必要な本を必要な人に届けるのが任務だから。自分の好きを前面に出さないのが古本屋の主義だ」

「……それで、楽しくないって言ったの？」

「おれが楽しむんじゃなく、客に楽しんでもらうのが本望だ」

「なるほど……古本屋って奥深いね」

「どんな仕事も同じだよ。すべては鼻の先の世界。飛び込むまでわからないんだから」

能天気そうに見える叔父さんに、ちゃんと哲学があるのだと知った。そういえば風見も引きこもっている時にアプリを開発したと言っていた。

「ぼく、もし古本屋をするとしたら、叔父さんとまったく違うやり方をするかもしれない」

赤信号で車を停止する。叔父さんはまじまじと万葉を見た。

「どんな古本屋?」

「今の棚をぜーんぶ取っ払って、これという本を少数、一冊ずつ平台に置く。その代わり来た客が絶対に買いたくなる本だけ仕入れる」

万葉は、今思いついたばかりのイメージを言葉にした。セレクトショップ風だが、古本屋がやってはいけないというわけではない。

「そういう古本屋があってもいいかな、と思った」

「あってもいい……その鼻の先の世界に、飛び込め」

叔父さんが明るいトーンで答えると、ちょうど信号は青に変わった。

その先にある場所

人はいつから悩みを持つんだろう。

小学生の頃、偏食がひどくて食事の時間が苦痛だった。いつのまにか葉物野菜も脂の多いバラ肉も（あえて選ばないけど）食べられるようになった。

担任の先生がピアノを弾く姿に憧れて、習わせてもらったピアノ教室。あまりに上達せず、段々と苦痛になった。自分から言い出してピアノを始めたのに、嫌になったことをなかなか言い出せなかった。どうにか一年間通って、両親が楽しみにしていた発表会に出たあと「ピアノ教室をやめたいです。ごめんなさい！」そう言った。

でも振り返ればあれは「悩み」じゃなかった。本当の「悩み」は「食べない」とか、「やめる」とかでは解決しない。そう気付いたのは中学生になってからだ。

中学校に上がってから、沙羅は友だちとの関係がうまくいかなくなった。朝起きるとお腹が痛くなって、休むと決めたら嘘みたいに痛みが引いた。登校したり休んだりを繰り返し、やがて学校へ行かなくなった。家に引きこもって、一日の大半をベッドの上で過ごした。そして思った。

この世界には自分の場所とそうでない場所がある。

中学校は自分の場所じゃない。この狭いベッドの上が、自分だけの安全地帯だ。

最初は沙羅を心配した両親も、そのうち怒り出した。むりやりにベッドの上から引きずり下ろされたこともある。沙羅がベッドの足に抱き着くようにつかまっていたら、沙羅の体を引っ張っていた力が抜けた。

「……好きにすればいいわ」

お母さんは涙を浮かべた目で沙羅を見下ろして、部屋を出ていった。廊下に立って様子を見ていたお父さんも、お母さんと一緒に行ってしまった。

沙羅は急いでベッドの上に戻って、頭まですっぽりと布団をかぶった。「好きにすればいい」と言われたけど、好きでこんなことをしているわけじゃない。このままじゃダメだとわかっていた。

不登校のまま中学校を卒業したが、これではいけないと不安になり、同級生たちに一年遅れて進学した。

入学した都立S高等学校のある町は、坂が多くて迷路みたいに狭い道が入り組んでいた。

通信制に籍を置く沙羅が登校するのは週に一度。猫になった気分で毎度違った道を迷い込むように歩くと、いつしかここは自分の場所だと思えるようになった。

そして今日の目的地、下北沢に来るようになったのは近藤万葉が出没する町だからだ。沙羅は「万葉の場所」と勝手に認定している。

沙羅より一年早く高校を卒業し大学へ進学した万葉は、叔父さんの家を出て一人暮らしをしながら古本屋でのバイトを続けている。最近は古書店以外のバイトにも挑戦したそうで、苦労したという割になんだか楽しそうな口調だった。

一昨日、万葉から（日曜日、空いてるなら下北沢にきて）とラインが届いた。

沙羅は何度もラインを読み返した。

――何の用だろう。

不思議に思いながら、駅に降り立った。

改札口を出ると、いつもより人が多いように感じる。駅前には黄色を基調にしたポスターが何枚も貼られていた。この週末は「カレーフェスティバル」が開催されるらしい。ふいにターメリックの香りが鼻腔に流れ込んだ。

いくつかのパラソルの下で、客たちがカレーを食べながら話している。中にはひとりでカレーを食べながら、本を読む人もいる。

高校時代の万葉も、食べる時も本を読んでいたなと思い出す。

高校卒業以来、万葉とはすれ違いが続いて、春以降会えていなかった。

それでも距離が開いた気がしないのは、ラインや電話でのやりとりと、そして本があったからだと思う。

以前の沙羅は本に関心がないどころか読むことが苦痛だった。でも万葉の影響で本を読み、感想を話すようになって「読書」は自分が思うより自由なものだと気が付いた。やがて自分から本を読みたいと思うようになった。家でも学校でも孤立していた沙羅は、本を読むことで好んで独りの時間を過ごすようになった。


沙羅は足元へ視線を下ろす。編み上げの濃い茶色のブーツ。モスグリーンのふんわりとしたロングスカート、スカートと同色のビスチェの中に黒いタートルネック。ショート丈のフェイクファーコートは薄い茶色のグラデーションカラー。少し大人っぽくて気に入っている。全身を映せる鏡が周囲に見当たらないので、首を動かして洋服をチェックする。昨夜《ゆうべ》何度も試着して決めた。かぶるか迷ったニット帽は背負ったバックパックに入れてきた。

目を上げると、人の群れの中に浮き上がるように万葉の姿があった。

紺色のダウンにブラックジーンズ、細いフレームの眼鏡、短めの髪も変わらない。ただその手にはチラシらしき紙の束を持っていて、道行く人に配っている。

「よかったら、すぐそばで本売ってます！」

大きな声で周囲の人に声をかけていた。

沙羅は自分の口がぽかんと開いているのに気付いて、そっと閉じる。万葉があんなふうに人前で大声を出す姿なんて、初めて見た。心を落ち着けて、万葉のそばへ近づいた。一息吸って声をかけた。

「万葉くん」

「あ、沙羅」

一瞬こちらを見たが、すぐに周囲に視線を移し、だれかれ構わずチラシを差し出しては拒否されている。それでも懲りないで、次の人にチラシを差し出す。

「何、配ってるの」

「そうだ、手伝って」

万葉は、持っていたチラシの束から半分ほどつかむと沙羅に押し付けるようにした。受け取ったチラシには大きな文字でこう書かれている。

(あなたに見つけてほしい本があります)

手元から目を上げると、万葉は少し離れた場所へ移動して配り続けている。

その場に取り残された沙羅は、万葉の勢いに押され、通りがかる人にチラシを差し出してみた。ちらっと目線が合う人、全く無視する人。誰も受け取ってくれない。沙羅のことを避けるように行ってしまう。

やっと一人、受け取ってくれた若い女性から「お芝居？　それともお笑い？」と訊かれた。

この辺りは小規模な劇場が多いから、そう思われるのも当たり前だ。沙羅は万葉に倣って声を張った。

「いえ、古本屋です！」

「ふるほん？　ふーん」

女性は、チラシをそっと沙羅に返して、そのまま行ってしまった。

「ほんと十人に一人くらいなんですよ！　チラシ配りがこんなに難しいって知らなかった……もう世の中の人全員に無視されている！　っていう気分。それにじっとしていると冷えてきちゃって……」

「ご苦労さん、万葉も無茶だなぁ。チラシ配りは意外とコツがいるんだよ」

無視され続けた沙羅が「トイレに行きたい」と万葉に訴えると、あっけなくチラシは回収された。小走りで古書店に到着するなり、トイレを借りた。人心地がつくと、叔父さんが淹れてくれたお茶とどら焼きを奥の和室でごちそうになった。

「沙羅ちゃんはいつもおしゃれしてるね。洋服どこで買うの？」

「ネットが多いですね」

「うちもネット始めたんだよ」

「そうなんですか？」

叔父さんは自分のスマートフォンをいじりながら話す。

「遠方の人は下北沢まで来られないから。時々電話で問い合わせがあってね。ネットショップないんですか？　って言われて、始めてみた。こんなんで本当に売れるのかと思ったら、まあまあ反応あるんだなぁ。ネットで見つけて、わざわざここまで買いに来る人もいるし」

そしてスマートフォンの画面を沙羅に見せた。本のタイトルがずらりと並んで、その後ろに（良）（中）と文字が付いている。

「これは、本の状態ですか？」

「ピンポーン。売ってるのは古本だから、新品じゃないのは当たり前なんだけど、本来は客が手に取ってみて本の状態と値段を比べる。でもそこはネットだから、こっちが判定して付けておくしかない。そこそこきれいなのは（良）、まあまあは（中）、汚れや書き込みがひどかったり、おれが判定できない商品はネットには出さない」

「ふーん」

「そんな時代にこのチラシだよ！……万葉は徹夜で作ったらしいけど」

叔父さんは苦笑する。和室の壁にテープで貼り付けたチラシの文字をもう一度読み返す。

「あなたに見つけてほしい本があります……って万葉くんが考えたコピー？」

「そう。あいつらしい。今日は隣のガレージスペースを使って、万葉書店を開く」

「そうだったんだぁ」

ラインで「来て」と言われただけの沙羅は、今日のイベントの内容を全く知らなかった。

「沙羅ちゃんを呼びつけてなんも説明してないと？」

語尾が高く上がったのに、沙羅は反応する。

「それ、福岡の方言？」

「そう、俺のもう一つの故郷たい」

叔父さんはわざと語尾を強調した。

「春に万葉くん、福永武彦の『廃市』の舞台に行ったたって言ってました」

「柳川ね。沙羅ちゃん、福永武彦読むの？」

「ちょっとだけ。『草の花』が好きです」

そう口にする時、少しだけ沙羅は照れくさくなった。これまでは万葉に教えられて読むばかりだったが『草の花』は違うきっかけで手にした本だった。

叔父さんは嬉しそうにうんうん頷いた。

「うちは無類の本好きに支えられてるからなぁ。ガレージの書店は万葉が思いついたアイデアなんだよ。そもそもこの店にある本は、全部おれが仕入れしたものだから。万葉は『ぼくが選んだ本だけを並べたい』って。今日はそれを形にしてみたんだ」

「へぇ」

曖昧に返事したのは、なぜ万葉が本を売りたいと思ったのかがわからなかったからだ。残ったどら焼きを咀嚼して飲み込んだ時、ハタと気づいた。

「あの、万葉くんはここを継ぐんですか？」

「さあね、どうやろねぇ。あったかいの、もう一杯入れようか」

叔父さんは沙羅の返事を待たずにどっこいしょと立ち上がり、台所でお湯を沸かし、沙羅の知らない昔の歌を鼻歌で歌っている。

沙羅は冷めたお茶を口にしながら考えた。

——万葉くんは、将来をもう決めたのかな。

急に数日前の数字が頭をよぎった。嫌な記憶を消し去るように首を振り、脳内をスワイプする。次にお母さんの顔が映った。再びスワイプ。

予備校の模擬テストの結果、悲壮感のあるお母さんの顔……自分の記憶からは逃げられない。こんな結果でも隠さずに見せたことを褒めてほしいくらいだったのに。

手渡した用紙に目を落としたままのお母さんをリビングに残して、沙羅は自分の部屋へとそっと戻った。着たままだったコートを脱ぎ、ベッドに放り出したままのハンガーにかけるとクローゼットの扉を開けた。

扉の裏の鏡に映る自分と目が合う。

——お母さんと、似てる。

沙羅は悲壮感に満ちた鏡の自分と体温の残ったコートを押し込めて、扉を閉めた。

通信制は通学制と比べると進学率も高くはない。ただ沙羅は進学した万葉に刺激を受けて、予備校へ通うようになり、この夏は集中講習を受けてもいる。

予備校の模試はあくまで目安だと言われていたが、その点数を鑑《かんが》みて先を見定める。自分が入りたい大学ではなく、入れそうな大学を決めるのだ。その論理はわかっているつもりだけど、どうにも納得できない。

気持ちだけでは動かせない現実の壁がある。この無力さは自分のせいだ。

そのせいでお母さんを悲しませているのはわかっていた。最近は草野球に凝るあまり平日の夜もバッティングセンターに通い帰宅が遅くなっているお父さんも、お母さんから点数を聞かされてため息をつくのだろう。

(学校に行けるようになっただけでもいいじゃないか)

きっとお父さんはそう言ってお母さんを慰め、お父さん自身を慰める。でも沙羅を慰めはしない。どんな言葉で娘を慰めていいのか、両親にはわからない。

沙羅自身も自分の慰め方がわからなかった。実力と準備不足。まるで穴が開いた舟に乗っているようだ。入り込む海水を外に出さなければ、行先が見つかる前に舟は沈む。

「沙羅、沙羅！」

我に返ると、万葉がいた。

「どうしたの。ぼぉっとして」

「なんでもない。チラシ配り終わったの？」

「あぁ、お腹すいちゃって。これ食べたら開店する」

万葉は向かいに座って、どら焼きにかぶりついた。

「わたし、今日は何をすればいいの？」

「今日出した本が売れたら、次に出す本を運ぶ手伝いとか、会計とか、ぼくひとりで対応できないときに手を貸してほしい。でも基本的には何もしなくていいよ」

「役に立てるなら何でも言ってね」

「ありがとう」

力強く返した万葉は、口に詰め込んだどら焼きをお茶で流し込むと和室を出た。

後を追いかけようとあわててブーツに足を入れ、紐を結んでいると、式台の端に置いてあるチラシの束が目に入った。一目見て、それほど減った様子がない。

——お客さん、来るのかな。

万葉は自信たっぷりだった。手ごたえはあったのだろう。ブーツを履き終えた沙羅は店を出て、隣のガレージへ移動する。スペースの真ん中に木でできた平台が設置され、本が六冊並べられていた。青空書店の店長・万葉は叔父さんの赤いエプロンに対抗するように、青いエプロンをつけている。

「これが、万葉くんセレクトの本？」

「うん」

頷いて眼鏡をかけなおした。恥ずかしい時の癖だ。六冊の本を眺める。一冊だけ沙羅の知っている本があった。

「これ読んだ」

そこには河合隼雄《かわいはやお》『こころの処方箋《しょほうせん》』があった。

「ぼく、好きなんだ」

「わたしも好き。もっと早くに読めばよかったって思ったもん。さすがのセレクト！」

「ぼくは選んだだけで、作者がすごいんだ」

万葉が真剣な口調で答えたので、沙羅は言う。

「でもさ、本は出合わなければ、意味がなくない？　ないのとおんなじ」

「まぁ、それはそうだけど」

「だからここに並べてもらった本は、誰かと出合いを待っている幸せな本だよね」

沙羅の言葉に万葉はまんざらじゃない反応を見せた。

「ここにある本を」

そこまで言うと万葉は、声を潜めた。

「今日、全部送り出したいんだ」

万葉の一日書店は、静かに夕暮れを迎えていた。そして沙羅は何の役にも立たなかった。通りかかる客の中には冷やかし半分、興味を示す人もいた。万葉がそばに近づいて「いらっしゃいませ」と声をかける。すると客は逃げるように去っていった。

そんなことを何度か繰り返し、万葉は声をかけるのをやめた。

「よく考えたら、叔父さんもそんなことしていないし」

自分に言い聞かせるように万葉はつぶやく。

沙羅は時々古書店の本を眺めたり、ガレージ書店と行ったり来たりするだけで、大半は古書店のほぼ向かいにある区民会館のロビーの窓越しに万葉の姿を覗き見ていた。

叔父さんは古書店のレジで客の相手をしたり、読書したりしていたが、店から出てくることはなかった。

沙羅は五時の町内放送に合わせてガレージに顔を出した。万葉は丸椅子に座って、赤く焼けた空を見つめている。かける言葉を探していたら、叔父さんがひょいっと顔を出した。

同時に古書店によく来る初老の男性がガレージに足を踏み入れた。

「い、いらっしゃいませ」

万葉が丸椅子から立ち上がって、ひかえめに声を出す。初老の男性は眉間にしわを寄せて、平台の本に目をやった。

沙羅は心の中で手を合わせて祈る。

――一冊でもいいから、買ってください。

無言で三分ほど平台を眺めていた男は、急にプイッとガレージを出ると、そのまま戻ってこなかった。

今日一番長居し、何も買わずに去った「客」だった。

「おーいそろそろ、閉めようか」

叔父さんが声をかける。

「うん……」

万葉は、返事を絞り出した。一冊も売れなかったことがショックなんだろう。そんな空気を叔父さんはまったく気にしていないようだ。

「おでんあるんだけど、よかったら沙羅ちゃんも食べていかない？」

「え、いいんですか」

「九州からあご出汁を取り寄せて作ってるんだ。朝、万葉と一緒に仕込んだの」

「じゃ、お母さんに連絡します」

沙羅はガレージを離れて、スマートフォンを手にするとラインを開いて、手早く打つ。

（万葉くんの叔父さんの家でおでんを食べることにしました）

今朝のお母さんは模試の結果を知った日と同じ表情のまま、出かける沙羅を見送った。これから帰っても、まだ同じ表情をしているだろう。

沙羅は既読になるのを確かめることなく、スマートフォンをポケットに仕舞う。ガレージの書店は撤収され、平台の本はもうなくなっていた。

古書店内にそっと入ると、叔父さんと万葉の声が聞こえた。思わず耳を澄ます。

「……本当にこのままでいいのかな」

万葉がつぶやいている。やっぱり落ち込んでいるんだ。

「大丈夫だよ、おれが付いてるんだから」

叔父さんは軽い調子で言う。もっと寄り添ってあげればいいのに、と沙羅は少し憤る。

「ただな、あんまり焦っちゃダメだ」

「うん……」

「強火にすると汁が濁るから、弱火でゆっくりな」

おでんのことか……沙羅は自分の勘違いに気付いて、気恥ずかしくなりながら台所に聞こえるように声を出した。

「お母さんに連絡しました」

「おぅ、もうすぐおでんあったまるよ」

おでんの鍋を真ん中に、三人はちゃぶ台を囲んだ。食べている間、万葉はずっとしゃべり続けていた。

「やっぱりさ、チラシだけじゃ伝わらないから、もっとネットでアピールしたほうがいいかもね」

沙羅はちらりと叔父さんを見る。ネット販売をしているのに、万葉にはネットでアピールすることを勧めなかったのか……。

「それからさ、今日はあえて値段付けずに並べたけど、やっぱりあった方が安心かも。そんなに高い本は置くつもりはないんだ。一冊だけ装幀と値段が際立った本が並ぶのもいいよね」

「最初からそんなにうまく行ったらつまらんたい。おでんみたいに時間をかけて完成させる方がやりがいがあるってものだよ」

そう言いながら叔父さんはビールとおでんを交互に口に運ぶ。

叔父さんは本当に万葉の身になって考えてくれているんだろうか。訝しみながら、沙羅は熱々の大根にからしをつけて食べる。

「あつっ」

「おいおい、たっぷりあるからゆっくり食べて」

あご出汁のおでんは美味しかった。スカートのウエストゴムが苦しくなるほど食べて、同時に胸が苦しくなった。食べすぎたからなのか、叔父さんの不可解な態度に対してなのか、よくわからなかった。

一息ついて沙羅が帰ることを告げると、万葉が「駅まで送る」と付き添ってくれた。昼間は汗ばむくらいの陽気だったが、風は秋のもので、どこかから虫の鳴き声も聞こえる。

「今日はいろいろありがとう」

「どら焼きとおでんを御馳走になっただけだし」

本当にそれしかしていない。チラシも満足に配れず、何の役にも立てなかった。

「今日は初めてなんだし、ね！」

白々しく万葉の背中を軽く叩いてみる。

道の両側の居酒屋やカラオケ屋から賑やかな声が漏れてきた。

「でも久しぶりに沙羅に会えて嬉しかった」

照れくさくてアハハと声に出して笑ってみたが、なぜだかさみしくなる。

沙羅も万葉と会えて嬉しかった。なのに会わなかった時よりも万葉が遠くなった感じがした。その理由はなんとなくわかっていた。

「万葉くんは……叔父さんの後を継ぐの？」

「んーまだ決めてない、一応選択肢のひとつ」

「ふーん」

他にも選択する道があるということか……それに比べて、自分の前には道すらないような気がする。

「沙羅は？　高校卒業したらどうするの？」

「……大学、行くつもり」

「ぼくに相談に乗れることがあったら、いつでも言って」

「うん……ありがとう」

「あのさ、今日の沙羅さ」

「え」

「ポメラニアンみたいだね」

「ポメラニアン？……」

「そのコート、犬みたい」

笑ったような顔で、しっぽを振る茶色い小型犬……沙羅は苦笑いするしかなかった。

駅で万葉と別れて電車に乗った。車内は空いていたが、沙羅は人のいない扉近くに立って車窓を見ていた。立ち並ぶ住宅やビルの明かりが後ろへと流れていき、変わり続ける夜景に止まったままの自分の顔が映りこむ。

――万葉くんは、先に行っちゃったんだ。

考えてみたら、万葉も自分もまもなく成人だ。同い年なのに、一年遅れで高校生をしている自分はずいぶん幼い。まだ何も決められず、どこへいくかもわからないまま。

沙羅はバックパックに仕舞った本を取り出した。ついでに今日一度もかぶらなかった帽子をかぶる。頭をすっぽりくるまれると、守られている気がする。

開いた本は、遠藤周作《えんどうしゅうさく》の『砂の城』。今日叔父さんの店で見つけた。お会計をする時、叔父さんは本の表紙をそっと撫でた。

「おれも高校生の時に読んだよ。悩み多き年頃だよね」

心を読まれると、笑うしかない。砂で作った城という不安定なタイトルと自分自身を重ねたのだ。

沙羅はこれまでとは違う不安を実感している。中学校を不登校になった時も不安だったけど、今胸に迫るものは別だ。「悩み」よりもっと深い。言うなれば「人生」の門の前にいる感じがする。その門には頑丈な扉がついている。

よさげな門をくぐることのできる人数は決まっている。その門を沙羅はくぐれそうになく、ほかにくぐりたい門も今のところ見つからない。でもそこをくぐらなければ「人生」は始まらないのだ。

そんなことを考えれば考えるほど、頭は空白になっていく。その白い部分を埋める言葉を求めて沙羅は本を開く。

万葉も好きだと言っていた河合隼雄『こころの処方箋』は「悩み」についての答えが欲しくて手に取った。佐川光晴『おれのおばさん』は一家離散した少年の物語。リルケ『若き詩人への手紙　若き女性への手紙』はなぜ読もうと思ったんだっけ……。

エッセイ、哲学書、小説……読むうちにその本の中に入り込んで、その時間は何も考えずに済んだ。部屋の中でも、移動中も、授業の合間も予備校の帰りも、本を開いている沙羅はどこでも一人になれた。

次の土曜日、早めに登校した沙羅は二階のラウンジから、一階を見下ろしていた。

通信制は制服がない。年齢もバラバラなのでラフなファッションの学生風もいれば、会社へ出社するようなスーツ姿の人もいる。今日の沙羅はコーディネートする余力がなく、白いタートルネックに茶色のバルーンスカート、万葉に「ポメラニアン」と呼ばれたショートコートを羽織った。

お母さんに模試の結果を報告したのが先週の水曜日。日曜は万葉の一日書店へ出かけた。それから何もしなかったわけじゃない。予備校でチューターに勉強の進め方のアドバイスや志望校の変更について訊いたりした。

でも理想と実力の差はそう簡単に埋まらない。

予備校の模試の結果はお母さんから聞いたはずなのに、お父さんは何も言ってこなかった。朝と夜に顔は合わせて会話もした。土日は会社の野球仲間と試合をしているらしく、朝早くに出かけてしまっていたけれど。

「お付き合いも大変よね」

お父さんを送り出した後、お母さんはあくびをしながら朝ご飯の支度をする。

腫れぼったい眼をこすり、沙羅は出来立てのあさりのみそ汁に口をつける。空腹の胃が刺激されて、炊きたてのご飯に箸が伸びた。咀嚼しながら、昨日、お父さんから言われた言葉を思い返していた。


珍しく早くに帰宅したお父さんは、沙羅の好きなミルクレープを買ってきた。

夕飯も沙羅の好物のすき焼きだった。

お母さんが野菜や肉をテーブルに用意して、鍋が熱くなるのを待って、脂身を鍋に擦り付けるようにする。肉を投入すると、香ばしい匂いが部屋に広がった。

沙羅は卵を器の中に割って、白身とぷっくりと乗った黄身をかき混ぜる。するとお父さんが口を開いた。

「沙羅」

箸を持っていた手が止まった。鍋に割り下が注がれて、醤油と砂糖の甘い香りがした。

「……予備校の模試のこと、聞いたよ」

ぐつぐつと煮立った鍋の中で、肉の色が赤から茶色に変わっていく。

「……うん」

「今の志望校、難しいんだって」

「……うん」

「どうして、その大学を志望したんだ？」

「え……」

「入りたい動機がはっきりしないから、結果が思わしくない。そういうことはないのか」

「もう、そういう話は食べてからにしましょうよ。沙羅、器貸しなさい」

沙羅はうつむいて、左手に持っていた器と右手の箸を元の位置に戻した。

時間が止まったようで、自分の呼吸音と肉が煮える音だけが耳に流れ込む。

「……父さんは模試の結果がどうとかこうとか言ってるんじゃない。沙羅に目的があるのか、そっちが問題なんだ」

「……」

お父さんは自分の器をお母さんに手渡した。お母さんは菜箸で肉と野菜を鍋から取り分ける。沙羅はもう食欲を失っていた。

それから何を言われたのだろう。お父さんの言葉は肉の煮える音と同じ、と意味を捉えずに聞き流していた。

「……やりたいことがあるならいい。お父さんは進学にこだわっていない。お母さんと一緒に応援するつもりだよ」

お母さんは沙羅の分のすき焼きも取り分けてくれたが、沙羅は箸をつけなかった。そのことがお父さんを苛立たせるのはわかっていた。

「……せっかく沙羅の好きなすき焼きにしたんだぞ。作ってくれた母さんにも失礼だと思わないのか？　ミルクレープも食べないつもりか？」

何も言い返せない。すべてお父さんの言うとおりだ。

目的がないことも、すき焼きを食べないことも、お土産のミルクレープを無駄にしてしまうのも自分が悪いのだとわかっている。

三十分もしないうちに鍋の火は落とされた。沙羅は冷めてしまったすき焼きの肉をぼんやりと見つめていた。

「ごちそうさま」

お父さんはそう言うと「練習に行ってくる」とダイニングを出ていった。またバッティングセンター……とお母さんが独り言つ。玄関扉が開いて、閉じる音が響いた。

「お父さんは沙羅のことを思って言ってるのよ……ねえ、沙羅聞いてる？」

お母さんが呼びかける。

「うん」

「お母さんは、大学くらいは行った方がいいと思うわよ。何もしないくらいなら」

「……お母さんは、わたしくらいの時、したいことあったの」

「保育士になるつもりだったから短大へ行ったわ。ちゃんと保育士の資格もあるわよ」

少し得意げに胸を張る。結婚前にお母さんが保育士をしていたのは聞いたことがある。でも高校生の時から決めていたのは知らなかった。

沙羅は手を合わせて「ごちそうさま」とつぶやく。

「まだ何にも食べてないじゃない」

「ごめんなさい」

沙羅は逃げるように自分の部屋へ戻った。お母さんが何か言いたげにしている気配を感じたけど、振り返らなかった。

部屋に入って、ベッドに腰かけるとそのまま倒れこんだ。

――ごめんなさい。

心の中で謝る。でも口には出せない。ベッドサイドに目をやると、本が数冊置いてあった。寝る前に読んでいるエッセイを一冊引き寄せる。

このところ読んでいるのは池田晶子『14歳からの哲学』。

挟んだ栞《しおり》のところを開き、続きを読みはじめる。しばらく文字を目で追っていると、さっきまで揺れていた心が落ち着きを取り戻した。

沙羅は頁を閉じ、本を抱きしめながら思う。本は何かをしてくれるわけではないけど、読んでいると、ここにいてもいいという気持ちになる。居場所ができる。

――でも、これも逃げてるってことなのかな。

本を読んだところで、将来の目標が定まるわけではない。それはゲームだって同じ。どこにもいかずに、いくらだって時間をつぶせる。

限りある時間をつぶしてばかりじゃいけない。でも、熱中したあとに襲ってくる自己嫌悪はゲームのそれより本の方がマシに感じられる。それに、沙羅には読む理由がはっきりとわかっていた。


午前の授業を終え、食堂へ行くと、日本史の担当教諭と鉢合わせた。

通信制は通学が週一回のため、教師との関係も築きにくい。だけど例外もいて、日本史の波多野《はたの》先生はその一人だ。ずんぐりとした体型の波多野先生は、優しい顔をしているが授業は手厳しいと評判だ。そして生徒一人一人のことを気にかけている。

「一橋さん、会いたかったんだ」

「あ、」

一瞬、背筋が伸びる。

「日本史のレポート、まだ届いてないよ」

「あ……今日出します」

定期的に出さなければならないレポートが最近遅れがちになっていることは自覚していた。本来は先週出さなければならなかった。

「遅れると、評価に響くのわかってるよね。それから次の試験、頑張ってね。赤点だと単位あげられないから」

「えっ」

「お昼は？」

「……お母さんがお弁当を作ってくれて」

「手作りお弁当いいねぇ。僕はコンビニのおにぎり。でも『お母さん』じゃなく『母』という方がいいんじゃない」

「はい……」

そう言うと、波多野先生は食堂を出ていった。沙羅は空いた席に着いて、カバンからお弁当を取り出す。箸を出そうとして、手が滑って床に落としてしまう。

箸を拾って、食堂内の洗面台で洗い、再び席に着いた。弁当箱のふたを開くと、俵型のおにぎりやハンバーグ、ブロッコリーやミニトマトが並んでいる。その中でも、桜の形にくりぬいたニンジンが目に入ってきた。桜は春に咲く……。

——春になったら卒業できると思ってた。

落ち着かなくなり、朝倉佑月にラインを送る。一年遅れで入学した佑月は、万葉の卒業後、はじめてできた友だちだった。今日は姿を見かけていない。

（今日、来ないの？）

すぐに既読になって、返信が届いた。

（今、駅。向かうよ！）

　お弁当を急いで食べると、食堂を飛び出すように出た。二階の吹き抜けから一階ホールを覗き込むと、着いたばかりの佑月が大きく手を振っていた。

　そのまま階段を上ってきた佑月は、沙羅とベンチに並んで座った。

「午後から授業？」

「うん」

　佑月は順調に単位を取得したとして、卒業は再来年になる。いつも通り制服風のファッションの佑月は、唇にほんのりピンクのグロスをのせていた。

「今さ、日本史の波多野先生からレポート提出の遅れと、次の試験のプレッシャーかけられちゃった」

「日本史のレポート、出したばっかりだよ」

「まじ？」

　佑月からレポートの参考にした本のリストを教えてもらい、スマートフォンに打ち込む。

「助かったぁ。これでちゃんとレポート作成できそう」

「全然いいよ。そういえば、このあいだ、知り合いのお姉ちゃんがいる大学の学祭に行って来たんだ」

　佑月は嬉しそうにスマートフォンを開いて、撮った写真を見せてくれた。誰もが知る国立大学だ。小さな画面でも構内の広さがわかる。

テニスコートやサッカーグラウンド、野球場、白い校舎の前で佑月が今日と同じような服を着て、照れくさそうに立っている。その隣に知らない男の子がいた。

「この人だれ？」

「中学の時の友だち。彼のお姉さんがここの学生なんだ」

「へぇ」

「わたしも大学入りたいな、と思って」

「え、そうなの？」

「ここはさすがに無理だけど、頑張って入れそうなところ」

「佑月って、将来の希望とかあるの？」

さりげなく振ってみた。これまで将来の話をしたこともなかった。

「小学校の先生になりたいと思ってる」

「先生……」

そんなに具体的な希望を持っていたことに驚いた。佑月は微笑んで続ける。

「中学時代は病気してたから、思い出がないんだけど、小学校のころは楽しかったの。特に一、二年のころ。担任の先生が優しくてね。親から進学のこと訊かれて、話し合っているときに急に小学生の時のことを思い出したの。それで教師になろうかなって」

そうやって話している佑月は、キラキラとして見えた。

「それからさ、沙羅には報告しとくけど、わたし、この人と付き合い始めたの」

スマートフォンの画像を差し出す。佑月の隣に写る男の子。

「……」

そうか、佑月は恋をしているのだ。だからこんなにキラキラしているのか。

佑月に好きだと言われて戸惑ったくせに、他の誰かに思いが移ったことに沙羅は複雑な気分だった。友達なら喜んであげるのが普通……そう思うのに、なぜかそうなれない。

画像に見入る佑月の横顔を見ながら、ふと万葉のことを思い出す。こんなにそばにいるのに遠く感じる。佑月もまた、沙羅とは別の方向へと離れていくみたいだ。

授業開始のチャイムが鳴った。

「あ、もう行かないと。じゃあね」

佑月はひざ丈のプリーツスカートを翻して、教室へと走っていった。沙羅は後姿を見送り、ノロノロと立ち上がって自分の教室へ向かった。


授業を終えてから図書室に駆け込み、佑月から教えてもらった参考書を片手にレポートを何とか埋めると、そのまま構内のポストに入れて学校を後にした。

駅までの道をできるだけ遠回りしてみたが、あっという間についてしまった。まっすぐ家に帰る気になれず、駅の反対側へ足を延ばし、長くダラダラとした坂道を歩いて時間をつぶした。

家に着いたのは夜七時を回っていた。お母さんから（早く帰ってきなさい）と急かすラインが届いて、憂鬱な気分がぶり返す。それでも帰る場所はここしかない。

インターフォンは押さずに、自分の鍵で玄関を解錠する。玄関にお父さんのものではないスニーカーが並べて置いてあった。

――万葉くんの靴。

沙羅が静かにリビングの方へ向かうと、廊下にお父さんの声が漏れてきた。

「……野球面白いよ。昔やってたんだけど、会社の付き合いでまた始めてね」

「本当に熱心で、家族を顧みないのよ」

「おいおい、ひどい言い方だな」

お父さんの笑い声がする。前はあんな風によく笑っていた。笑わなくなったのは自分のせいだ。聞き耳を立てるのは趣味が悪いが、なんとなく入っていけない。やがて昨日の夕食の席でのことに話題は移った。

「沙羅はいったい何を考えているんだろう……いや、あの子はちょっと変わっただろう。あんな恰好するようになったのは、高校生になってからで」

「沙羅はもっと普通のファッションが似合うわよね」

お母さんはそう被せた。

「ん、まぁ」

万葉は否定も肯定もしない。

「まぁ服装はいいとして。万葉くんと再会してから沙羅は明るくなったし、本を読むようになった。勉強にも身が入るようになって大学進学を口にしだして、おれはね、やっとやる気を出してくれたんだと思ったんだ。でも、これという将来の目的がなさそうなのが心配で」

あけすけに話すお父さんを止めてほしい、と沙羅は思ったが、お母さんも一緒になって、

「目的がなくたって、とりあえず進学してから考えればいいんじゃない？」

「その進学が、できるかどうかが問題だろう」

思わず顔が熱くなる。構わずお父さんは続けた。

「万葉くんは、大学卒業したらどうするの」

「ぼくは……父からはドイツに来るように言われているんですが」

「ドイツ？　いいわねぇ。海外赴任」

お母さんの声がワントーン上がった。

――ドイツ……？

「あ、それは父が言っているだけで、まずは大学卒業しないと」

「……沙羅も目的を持ってくれるといいんだけど」

「沙羅は、進学するんじゃないんですか」

「そのつもりのようだけど……」

さすがに予備校の模試の点数は言わないでいてくれたが、万葉なら事情を察してしまうだろう。

「あの子が何をしてもいいんだけど、何を目指しているのか、それがはっきりわかればね」

お父さんはため息をついてから「いてて」と訴えた。

「腰がちょっとね、最近痛いんだ」

「野球に熱中しすぎなのよ、プロじゃあるまいし」

お母さんが呆れたように立ち上がった。

沙羅は気付かれないようにそっと廊下を後戻りし、玄関を出て、表から鍵を閉めた。

自分を呼んでいる声がしたような気がしたが、焦って駅の方へと向かった。

夜が更けてくると、駅前でも開いているのは居酒屋やコンビニばかりで、沙羅の居られそうな場所は見つからない。

フラフラと歩いて、やっと開いているセルフカフェに入ろうとしたとき「沙羅」と背中から声がした。

「……万葉くん」

振り返ると、息を切らせた万葉がいた。

「やっぱり……帰ってきてたんだろ」

「帰ったけど、わたしがいない方がいいみたいだったし」

素っ気なく言う。

「……じゃあさ、またカラオケボックスに……行く？」

前に沙羅が衝動的に家出した時、二人でカラオケボックスに入っていろんな話をした。

「あのボックス、つぶれたの」

「……そうなんだ」

息を整えながら、行く当てを考えているみたいだ。

「万葉くん、なんでいたの？」

「なんでわたしの家にいたの？　お父さんたちに呼ばれて、相談受けるため？」

「え……」

「……呼ばれて相談された。でもぼくは何も答えてない」

眼鏡の奥の目は、沙羅を見据えている。

「親の気持ちにいちいち応えていたら、子どもは身が持たないよ」

――そんなことを言って、ドイツのことは黙っていたのに。

本当に万葉が遠くに行ってしまう……沙羅は泣きそうになった。

「……もうやだ」

「家が嫌なんだったら……」

「違うの、自分が嫌なの！」

そこまで言うと、涙があふれてしまった。


駅付近にいられそうな場所がないと判断した万葉は「叔父さんとこ、行かない？」と言い出した。すぐにスマートフォンを取り出して電話をかける。

「あ、叔父さん、今から沙羅と行ってもいい？……へぇ、うん……沙羅」

呼びかけられて、指で涙をぬぐう。

「お汁粉、食べる？」

「……うん」

「じゃあ今から行く。三十分くらいね」

続けざまに電話を掛ける。

「あ、もしもし、今沙羅と駅で会いました。これからうちの叔父さんのところへ行くことになって……帰りはちゃんと送りますので」

電話の向こうでお母さんが頭を下げている様子が見えるみたいだ。自分を心配し、頭を下げてくれる人がいる。自分のために電話をかけてくれる人もいる。沙羅は、自分の幼さがじわじわと恥ずかしくなる。

万葉に連れられて電車に乗り、下北沢駅で降りた。

歩きながら万葉が思い出したように言った。

「こないだ、叔父さんのところで『砂の城』買ったんだろう」

「うん」

「読んだ？」

「読んだよ。過激派とかよくわかんないけど……すごい時代だよね」

「学生時代を過ごした仲間たちがバラバラの道を歩んでく。砂で作った城が、あっけなく波に崩されていくように」

主人公の泰子《やすこ》はまだ将来を描くこともできないのに対し、友人トシは愛した男に身も心も捧げ罪を犯し、思いを寄せた西《にし》は過激派になってハイジャックを仕掛ける。

「泰子は美しいものに憧れながら、何にも行動を起こさない……受け身だなあと思った」

「そうなのかな」

「……」

「トシや西は自分の気持ちに正直に生きて、多くの人を傷つけた。泰子も傷ついた一人だ。母親を亡くし、友だちも好きな人も失った。その傷を抱えて生きていくしかない」

ちらりと見た万葉の横顔は暗くてよく見えない。

「何もしていないように見えても生きることは大変だ。受け身も楽じゃないよ」

万葉は母を失い、父と離れた。受け身でいろんなことを越えてきたのだろう。叔父さんはいるけれど、両親が揃ってそばにいる沙羅に、万葉の気持ちがわかるはずもない。

――万葉くんはわたしとは違う。ドイツでも古書店でもどこでもやっていける……。

そう思うのは、自分が幼くて、平凡だからだろう。万葉のような特別な人は、遠くへ行って当たり前だ、と思う。

古書店の前に来たが、シャッターは半分閉まっている。店内は暗い。

「あれ、どこ行ったんだろう……」

万葉が中に入って様子を確かめていると、ガレージの方から声がした。

「こっちこっちー」

万葉を呼び戻してガレージに行くと、叔父さんは丸椅子に座って七輪で餅を焼いていた。

「もう着くころだと思ったんだ。座って」

先日平台の土台に使った木製の台がふたつ並べてあった。

二人は腰を下ろして、餅が焼ける様子を見つめた。焦げないようにあぶっていると、ぷっくりと膨らんでいく。叔父さんの箸は絶妙のタイミングで餅をつまみ上げた。隣で温めている鍋の中に餅を加えて、小豆《あずき》たっぷりの汁とともに器によそった。

「ほら、食べて」

「いただきます！」

寒くて空腹の体にお汁粉は沁みるように美味しかった。静寂の中で、三人がお汁粉を食べる音が響いた。

「叔父さ、わざわざ……じゅんび……たの？」

餅を噛みながら万葉が訊くと「せっかく沙羅ちゃんが来るんだから、シチュエーションは重要だろ」と汁粉をすする。

「ありがとうございます」

両親も、万葉も、叔父さんも、やり方は違うけど、みな心配してくれている。沙羅は胸が温かくなった。

「そういえば沙羅ちゃんは『砂の城』読んだと」

「はい、今来る時に万葉くんとその話してました……叔父さんに会ったら言おうと思ってたけど、あの本、書き込みが一ヶ所ありました。『うつくしいものは必ず消えないんだから』ってところ。鉛筆の線がひいてあった」

叔父さんが「あ」と声に出した。いつも本の汚れはチェックしているのに、見落としたのだろう。責めるつもりはなかった沙羅は慌てて付け足した。

「あ、でも大丈夫です、消しゴムで消せるから」

「そっかぁ、汚れててごめんね」

「最初はちょっと嫌だったけど、最後まで読んで、その部分に戻って読み返したんです。自分でもここに線を引く……わたしの前に読んだ人の気持ちがわかりました」

「そっかぁ……もう一杯どう？」

「いただきます」

叔父さんは密閉容器から餅を箸で取り出して、網の上に置いた。

「万葉は？」

「じゃあぼくも」

「よし。夕飯も食べたから食いすぎだけど今夜は特別」

さらに二つ、餅を焼きだした。叔父さんは餅を引っくり返しながら言う。

「同じ本を読んでも、読んだ人の数だけ感想があるだろう。たとえばこの三人で『砂の城』を読んだら、どんな感想が出るだろうね」

沙羅はクスクスと笑って、万葉をちらっと見る。さっきまさに読み方が違うことを話したばかりだ。万葉は眼鏡をかけなおしている。

「同じところに線を引くっていうこともある。それはさ、バラバラの感想を持っても同じところがいいなって思ったたってことだよね。違う道を選んできたけど、行きついた場所が一緒だった、みたいなこと」

沙羅は週一回の登校時に、毎回違う横道を選んでいる。でも行く場所はいつも高校だ。近道より回り道の方が沙羅は楽しいのだ。

「前に万葉くんが『個性は本の選び方じゃなく、読んだ感想に出る』って言ったけど、同じところに行きついたとして、どちらが正しいとかあるの」

「正しいとか間違いとかじゃなくて、ただ違うだけ」

こめかみを人差し指で掻きながら万葉は言った。

「万葉から聞いていると、沙羅ちゃんは本の読み方が個性的だよね。洋服のセンスと通じるのかな」

叔父さんは沙羅に会うと、いつも洋服を褒めてくれた。

「そんなことないです……洋服も、前はもっとおとなしくて、普通だったんです。こういうファッションはそういう自分から変わりたくて始めたっていうか……でも中身は変わんないです」

洋服をどれだけ個性的にしても、沙羅は引きこもっていた自分を忘れられない。

「じゃ、おれは？　どう見えると？」

「叔父さんは個性的」

「どこが」

「……全部」

叔父さんは夜空に向かって声を上げて笑う。

「おれくらいの年になると、隠してても個性が漏れ出すのかなぁ……ところで沙羅ちゃんさ、文章書いたりしないの？」

「え？」

「自分の変化は、案外自分ではわからないもんだよ。沙羅ちゃんは高校で変わろうとしたんだろう。その変化を形にしてみたら？」

自分が文章を書くなんて考えたこともなかった。読むことも書くことも苦手で、どちらからも逃げ回っていた。でも読むことが好きになれたなら、書くことも好きになれるのかもしれない。

ふと見ると、万葉が引き継いで網の上の餅を焼いていた。

「……焦がしそうだったから」

叔父さんは万葉の頭をぐしゃぐしゃと撫でた。万葉は嫌そうに頭を遠ざけるが、叔父さんはしつこく撫でる。

「万葉って、ビーグル犬みたいじゃない？」

「やめてよ」

万葉は叔父さんの手から逃げながら言い返した。

「万葉くんだって、わたしのことポメラニアンみたいって言ったじゃない」

「どっちもかわいいってことだよ。ビーグルもポメラニアンも」

叔父さんは笑う。

「やめてよ、もう」

じゃれ合う二人を見て、沙羅は心から笑った。


お汁粉を二杯食べてから、叔父さんは車で沙羅を自宅まで送ってくれた。

リビングのソファにはお風呂上がりのお父さんがいた。遅くなったことを怒られるかと思ったが、何も言わない。お母さんの姿が見えない。もう部屋に戻ったんだろうか。

「ただいま……」

「おかえり。沙羅、ちょっと話がある」

お父さんに呼ばれて、向かいの席に座った。怒られると覚悟したが、お父さんは中々切り出さない。

「さっきな、万葉くんに来てもらったんだ」

「知ってる」

気まずそうにお父さんは首元に手をやった。

「お父さん、沙羅の気持ちがよくわからなくて、万葉くんなら少しは沙羅のことわかるかと……そしたら言われたよ」

「……なんて」

「お父さんに、目的はあるんですか？」

「沙羅に目的がないって相談したのに、逆に訊かれるとはね」

何も答えてない、と言ったけど、まさか質問していたとは……万葉はそのあとこう続けたという。

「沙羅は目的がないわけじゃないです。変わりたいと思うのは、立派な目的だと思います」

そう言うと立ち上がって「失礼します」と一言残し、急ぎ足で出ていったそうだ。

「沙羅は沙羅なりに頑張っているのに、何にもしていないと思っていた。それはお父さんが間違っていたよ。ごめんな」

「ううん」

お父さんがあまりに素直に謝るので、沙羅は戸惑った。

「実はさっき、お母さんと話をして怒らせてしまった」

「えっ……」

「寝室にいるよ。もっと時間をかけて話すべきだったかと思うけど、ちょっと焦った」

一瞬「離婚」の文字が頭をよぎった。

「え、どういうこと？　もしかしてお母さんと別れるとか」

「……それも、なくはない」

浮気か、他に好きな人が出来たのか……お父さんは年齢のわりに若く見える。そうなったら自分はどちらの方へ行くのか……想像しなかった急展開に気持ちが重くなった。

「お父さんな、野球を始めたいんだ」

その軽い口調に、言っている意味がちゃんと頭に入ってこない。

「だって……野球はやってるんじゃないの？」

「高校時代はプロになりたかったけど、ダメだった。野球やめてから猛勉強して、大学に入って今の会社へ入った。もう夢は終わった、と思っていたけど、社内の野球チームに誘われて、急に火がついた。いろいろ考えて、これから野球をする子どもを集めて教室を始めたいと思った。そのために会社は辞める」

「……えーーーーーー」

この計画をお父さんは数年前から温めていたらしい。かなり具体的に計画を立てて、家族が路頭に迷わぬよう、沙羅の大学進学のための資金も確保している。郊外に教室となるグラウンドを借りる算段までつけたそうだ。でもお母さんにはなかなか話せなかった。

「それ、お母さんに最初に相談しなきゃダメじゃないの」

「……わかってたんだけど、言い難《にく》くて」

お父さんは両手で顔を擦った。

「野球をやりたかったけど、年齢や体力を考えるとそれは現実的じゃない。それで、自分がグラウンドに立てないなら、プロの選手を自分が送り出せばいいと考えたんだ。沙羅に目的を持て、と言ったけど、やりたいことがなかったら目的なんか生まれない。そう気づいた」

お父さんの言葉に、自分の中に積もっていた何かが一気に溶けていく感じがする。

「……お母さんとちゃんと話し合って。お父さんのこと、応援するから」

月が替わって、万葉から再び青空書店を開く、とラインが届いた。

その日は特別な催し物のない、ありふれた日曜日だった。沙羅が下北沢駅に降り立つと、駅前で万葉がチラシを配っていた。

よく見ると万葉のチラシの配り方が前回とは違う。

やみくもに配っていた先月と違って、一人一人の顔を見て、丁寧に声をかけている。受け取らない人が大半だが、ちゃんと反応を見せて、受け取る人もいた。

「沙羅」

振り返ると、佑月がいた。万葉の書店を見てもらおうと声をかけておいたのだ。佑月の隣にはあの写真の彼がいる。肌が浅黒く、筋肉質な体にそぐわない柔和な顔が乗っかっていた。

「初めまして宇田《うだ》です」

「初めまして一橋沙羅です」

ぎこちなく挨拶を済ませた。

「一緒に来るなら教えてよぉ」

「だって話したら行きたいっていうから。宇田君はさ、沙羅に興味があるんだよ、わたしが大好きだって言ったから、ね？」

宇田は柔和な顔をさらに柔らかくさせた。

沙羅が苦笑していると佑月は畳みかけた。

「わたしはね、宇田君も沙羅も好き。別に好きな人は一人に絞らなくてもいいでしょ」

佑月はピースしながらそう言う。好きだと言われるのは嫌ではないが、まだ戸惑ってしまう。

好きなものは一つに絞らなくていい……佑月の言葉には一理ある。

目的だって一つに定めようとしなければ、子どもの頃みたいに自由に夢を見られるのだ。

逆に一つに縛ろうとするから苦しくなるのだろう。

万葉書店が開店するまで佑月たちは下北沢の散策に向かう。入れ違うように万葉が書店の開店準備を始めた。

今回も六冊の本を平台に並べている。今回もポップはなく、値札だけを小さく添えていた。

前回と同じく河合隼雄『こころの処方箋』がある。そして新しく遠藤周作『砂の城』があった。

開店した直後に冷やかしの客が来たが、すぐに行ってしまった。チラシを手にした人が一人来たが、やっぱり買わなかった。

その後、前回一番長居した叔父さんの古書店のお客——初老の男性がやってきた。今度こそ、と沙羅は手を合わせる。

男性は平台の本をジロジロとみる。万葉は付かず離れずそこにいて、男性の気配を全身で感じているようだ。

「兄ちゃん」

見た目のイメージと違う、高めのトーンの声で呼んだ。

「はい！」

背中をまっすぐにした万葉がそっとそばによる。近づきすぎず、だけど離れすぎず。

「これの、別の本ある？」

指さしたのは『砂の城』だ。「これ」とは遠藤周作のことだろう。

「遠藤周作の本ですね。いくつかあると思うので、少々お待ちいただけますか」

言うなり万葉はガレージを飛び出した。背筋を伸ばして走る独特の姿勢は保育園の頃と変わらない。五分もしないうちに両手に大量の本を抱えて戻り、男性に本を見せていた。

その日、初めて万葉書店の本が売れた。

「最初から並べておけばよかったんじゃないの？」

沙羅は率直に疑問を口にした。

「最初から並べるんじゃ叔父さんのお店と変わらない。まずは選び抜いたものだけを置く」

万葉は頑なだ。

沙羅はガレージを出て、古書店のレジにいる叔父さんに同じ疑問をぶつけた。

「そうだなぁ、どれが自分の道か探っているんじゃないの。道は違っても、最後は同じところにたどり着くかもしれない」

「ふーん」

そう言われると、わかる気がする。叔父さんは座りなおすと、おもむろに頭を下げた。

「ごめん」

「なんですか、急に」

「こないだ沙羅ちゃんが買った『砂の城』……あれ、万葉の本だった」

「え」

「ここで一緒に暮らしていた時に、おれが間違って万葉の私物を売り物として並べてしまったみたいで……こないだの沙羅ちゃんの話で『自分の本』だと気づいたらしい」

「じゃ線を引いたのは……万葉くんだったんだ」

「そういうこと」

沙羅はもう一度ガレージへ向かった。

万葉は、仙人のように丸椅子に座って客を待っている。

つい最近、沙羅の中でやってみたいことが生まれた。生まれたばかりのその欲求がどう夢となり、形になるのかはわからない。でも一度口にしたら、何かが始まる気がする。

「あのさ、万葉くんが売りたい本ってどういうものなの」

「なんだよ、急に」

「教えてよ」

「……強いて言えばぼくの感性に触れた本かな」

そう言うそばから、眼鏡をかけなおしている。

「じゃあさ、可能性あるのかな」

「何の」

沙羅は平台に並ぶ本の上に手を置いていった。

「いつか、わたしが書いた本がここに並ぶ可能性……なーんてね」

笑われるかと思ったが、万葉は小さく咳払いをしてから言った。

「……そうなったら、頑張って売らないと」

取材協力　都立新宿山吹高等学校

初出

「万葉と沙羅」「オール讀物」二〇一七年七月号
「あなたとわたしをつなぐもの」「オール讀物」二〇二〇年二月号
「いつか来た道」「産経新聞」九州・山口版
二〇二〇年三月九日～四月九日掲載を全面改稿
「ひとりひとりのぼくら」「オール讀物」二〇二〇年十一月号
「その先にある場所」「オール讀物」二〇二一年二月号

単行本化にあたり加筆修正いたしました。

中江有里（なかえ・ゆり）

1973年大阪府生まれ。法政大学卒。89年芸能界デビュー。数多くのテレビドラマ、映画に出演。2002年「納豆ウドン」で第23回「NHK大阪ラジオドラマ脚本懸賞」で最高賞を受賞し、脚本家デビュー。NHK BS2「週刊ブックレビュー」で長年司会を務めた。著書に小説『結婚写真』『ティンホイッスル』『残りものには、過去がある』『トランスファー』、エッセイ集『ホンのひととき 終わらない読書』『わたしの本棚』がある。読書に関する講演や、エッセイ、書評も多く手がける。

万葉《まんよう》と沙羅《さら》

2021年10月30日　第1刷発行

著　者　中《なか》江《え》有《ゆ》里《り》

発行者　大川繁樹

発行所　株式会社 文藝春秋

〒102-8008 東京都千代田区紀尾井町3-23

☎ 03-3265-1211（代）

印　刷　萩原印刷

製　本　大口製本

組　版　言語社

ISBN978-4-16-391454-1